BASTEI
LÜBBE

FILM- und FERNSEH-BÜCHER aus dem
BASTEI-LÜBBE-Taschenbuchprogramm:

Jürgen Rolands

Großstadt Revier

Drei Romane in einem Band
von Heinz W. Müller

BASTEI
LÜBBE

BASTEI-LÜBBE-TASCHENBUCH
Allgemeine Reihe
Band 13 191

Erste Auflage: Oktober 1988

NDR

Bastei-Verlag Gustav H. Lübbe GmbH & Co., Bergisch Gladbach
Lektorat: Martina Sahler
Titelfoto: Studio Hamburg
Umschlaggestaltung: Quadro Grafik, Bensberg
Satz: Fotosatz Steckstor, Bensberg
Druck und Verarbeitung:
Brodard & Taupin, La Flèche, Frankreich
Printed in France
ISBN 3-404-13191-6

Der Preis dieses Bandes versteht sich einschließlich
der gesetzlichen Mehrwertsteuer.

Großstadt Revier

Eine Serie von Jürgen Roland

Hamburg, immer noch Deutschlands ›Tor zur Welt‹. Man erkennt es nicht nur an den Autokennzeichen. Der Geruch von Alster und Elbe, von Brackwasser und nahem Meer kommt, seltsam genug, vom Bildschirm herüber. Der Altmeister des deutschen Kriminalfilms, Jürgen Roland, ist wieder einmal und wieder gekonnt in seinem Metier.

Der Michel, Hamburgs Wahrzeichen, ragt in den grauen und manchmal sogar blauen Himmel, und zu seinen Füßen dehnt sie sich aus, die alte Hansestadt, mit ihren 1,8 Millionen Einwohnern, mit ihren Banken und Versicherungspalästen, mit ihren hanseatisch feinen, ihren bürgerlichen, ihren proletarischen und auch ihren lumpenproletarischen Wohnbezirken.

Da sind die Großkaufhäuser und die immer noch vorhandenen Tante-Emma -Läden, da lockt Sankt Pauli, und dort reizen düster die eher verschwiegen finsteren Teile des Amüsierviertels. Und dazwischen leben und arbeiten die ganz gewöhnlichen Leute, Menschen ›wie du und ich‹.

Und mittendrin liegt das 14. Revier: mit Rolf Bogner und Richard Block – und seit neuestem auch mit der Polizeioberwachtmeisterin Ellen Wegener . . .

Eigentlich hatten sie sich das alle ganz anders gedacht:

Block, der alte Hase vom Revier 14, dessen Vater schon Polizist gewesen war;

Ellen Wegener, die voller Idealismus zur Polizei gegangen war, aber Idealismus nie zugegeben hätte;

und all die anderen, die in den folgenden Geschichten auf- und abtreten;

sie alle hatten es sich eigentlich ganz anders gedacht – und dann kam es so:

Es war eine Nachtschicht gewesen wie tausend andere davor. Bogner und Block hatten ihre Runden gedreht, ihre Pausen gemacht und den Kleinkram erledigt, der so angefallen war.

Block hätte es hinterher nicht genau erzählen können, was gerade in dieser Nacht sonst noch passiert war – du lieber Himmel, wer merkt sich den alltäglichen Plunder?

Aber dann war die Alarmmeldung über Sprechfunk gekommen: Feuer! Feuer ganz in ihrer Nähe! Sie hatten das Blaulicht eingeschaltet und die Sirene, und so waren sie zufällig noch vor der Feuerwehr am Brandort eingetroffen.

Die Flammen kamen bereits durch den Dachstuhl. Die Hitze schlug ihnen sengend entgegen. Bogner riß den Hörer vom Sprechfunkgerät an sich.

»Vierzehn/zwei für Michel! Kommen!« rief er.

Block war schon mit einem Bein aus dem Wagen. Über die Schulter sah er zurück auf den Kollegen.

»Was ist mit der Feuerwehr?« schrie Bogner in den Hörer.

Irgendwo in der Ferne war sie jetzt zu hören, laut, schrill und rasch näherkommend.

»Hört sich nach Feuerwehr an«, rief Block laut gegen das Prasseln und Fauchen der Flammen. Und er fügte hinzu, was er an fast jeden zweiten Satz anzuhängen pflegte: »Oder so . . .«

Er sprang hinaus aus dem Wagen und wollte auf die Fahrbahn laufen, um sie freizuhalten für die Feuerwehr, aber da erstarrte er mitten in der Bewegung. Er beugte sich vor, unsicher, ob er richtig gesehen hatte, aber da sah er es wieder: der zuckende Schatten hinter dem vom Feuer grell beleuchteten Fenster.

»Mensch, Bogner!« schrie Block. »Da ist einer drin!«

»Das ist der Hausmeister!« rief einer aus der immer größer werdenden Schar neugieriger Gaffer.

Und da gab es kein Halten mehr für Block, kein Überlegen, er stürmte vor, sprang über herabgestürzte, brennende Balken und verschwand in einem tobenden Flammenmeer.

Bogner hatte es entsetzt beobachtet, aber er konnte Block nicht zurückhalten, selbst wenn er es gewollt hätte. Die Feuerwehr traf ein, weitere Streifenwagen brausten heran, der Brandort mußte gesichert, die Neugierigen zurückgedrängt werden, und dann war da noch Platz zu schaffen für den Krankenwagen, der für alle Fälle angefordert worden war. Bogner hatte genug zu tun, und erst als das Wasser aus den ersten C-Rohren schoß, die Absperrungen der Kollegen standen und für die Polizisten eigentlich wie für die Gaffer nur noch das Zuschauen blieb, erst da merkte Bogner, wie verdammt heiß es war, wie das Feuer nun haushoch prasselte – und er stierte sich fast die Augen aus dem Kopf bei der Suche nach Block.

Es waren noch mehr brennende Balken herabgestürzt, und Bogner sandte ein Stoßgebet zum Himmel. Wenn Block es nicht bald schaffte, war – aber diesen Gedanken wollte Bogner nicht zu Ende denken.

Außerdem lief da eine junge Frau zwischen den Feuerwehrleuten herum, eine hübsche, zugegeben, in einem hellen Trenchcoat, aber was hatte sie hier zu suchen? Wenn man sie durch die Absperrung gelassen hatte, konnte sie eigentlich nur von der Presse sein.

Bogner hörte, wie sie nach dem Brandmeister fragte. Aber der hatte jetzt natürlich keine Zeit für Interviews.

»Vielleicht kann ich Ihnen helfen«, schlug Bogner

vor. Er wischte sich Schweiß aus dem Gesicht. Verdammt, wo blieb Block?

Die junge Frau kam heran. Bogner sah, wie hinter ihr ein Feuerwehrmann Sauerstoff-Flaschen auf den Rükken schnallte. Und noch immer war Block nicht zu sehen in diesem brausenden Flammenmeer, das orangerot-gelb in den nächtlichen Himmel loderte.

Eigentlich ist es typisch für ihn, schoß es Bogner durch den Kopf. Er hat noch jedesmal seine Haut riskiert, wenn es zu helfen galt. Und wenn er sich erst einmal etwas in seinen sturen Schädel gesetzt hat, dann ist es verdammt schwierig, ihn zu einer Kurskorrektur zu bewegen. Dann heißt er nicht nur Block, dann ist er einer. Herrgott, warum kommt er nicht heraus?

Die junge Frau hatte sich genähert.

»Kann ich Ihnen vielleicht helfen?« fragte Bogner und schaute wieder auf das brennende Haus. »Ich bin Hauptmeister Bogner«, fügte er hinzu. »Schichtführer vom 14. Revier.«

»Ich habe gehört, Sie waren eher da als die Feuerwehr?« fragte die junge Frau. Hinter ihr begann eine Pressefotografin die ersten Bilder zu schießen.

»Zuviel der Ehre«, wehrte Bogner ab. »Frau –«

»Fischer«, sagte die junge Reporterin.

»Also, Frau Fischer, so stimmt das nicht«, erklärte Bogner. »Unser Wagen Vierzehn/zwei war zufällig hier in der Nähe, sozusagen um die Ecke. Da kam der Anruf von einem Passanten. Deshalb sind wir zuerst hier gewesen.« Er schaute auf die Flammen, sah noch immer nichts von Block und fügte hinzu: »Leider.«

»Wieso leider?«

Wieder stürzte ein brennender Balken herab und vergrößerte die Barrikade, durch die Block doch herausmußte. Bogner riß sich die Mütze vom Kopf. Er schwitzte unter der dicken Lederjacke, und es lag nicht an der Glut, die vom Feuer ausging.

»Einer meiner Beamten, und zwar einer meiner besten, ist da drin in dem brennenden Haus«, sagte Bogner und dachte: Richard, Mensch, Block, verdammt nochmal, warum kommst du denn nicht heraus? »Wollte retten, was zu retten ist«, fuhr Bogner fort. »Vor allem natürlich Menschen! Und jetzt ist er zusammen mit dem Hausmeister da drin, und die verdammten Balken versperren ihm den Rückweg!«

Wie lange würde der Dachstuhl das noch aushalten, bevor er zusammenbrach und alles Leben unter sich begrub?

»War das nicht sehr leichtsinnig von diesem –«

»Block«, rief Bogner: »Richard Block heißt er! Wieso leichtsinnig? Hätte er vielleicht vor dem brennenden Haus im Wagen warten sollen? Und sich sagen: Ich bin zwar zuerst dagewesen, aber leider nicht zuständig? Der Kollege von der Feuerwehr kommt gleich?«

Bogner setzte die Mütze wieder auf. Da, in dem zukkenden, grellen Flammenmeer, da taumelten zwei Gestalten heran. Als ob Block jetzt eine weiße Polizeimütze durch das Feuer hindurch sehen könnte, schwenkte Bogner die Dienstmütze wie ein Signalgast seine Flaggen und rief dabei:

»Hallo! Richard! Richard! Hier! Richard! Hierher! Komm doch!«

Ein paar Feuerwehrleute liefen auf das Haus zu. Bogner hastete ihnen nach. Er sah einen Mann durch die Flammen springen, der eine helle Windjacke trug. Der Mann stürzte und geriet halb unter einen der brennenden Balken, die sich zu einem bizarren Gerüst aufgetürmt hatten. Schon griffen die Hände von Feuerwehrleuten nach ihm – und da kam Block, Richard Block, der sture Querkopf, da kam er endlich, natürlich als letzter, preschte mit einem weiten Satz durch die Flammen und über die Balken hinweg und fing sich, taumelte mit rußgeschwärztem Gesicht auf ihren Wagen zu, stützte sich keuchend auf das Dach von Vierzehn/zwei und hustete.

Bogner hätte am liebsten gebrüllt, so groß war die Erleichterung, aber er tat es natürlich nicht, er holte nur tief Luft, spürte wieder, wie heiß die Luft war, aber das spielte jetzt keine Rolle.

Block war da, Richard Block hustete sich den Qualm aus den Lungen, und die Besatzung von Vierzehn/zwei war wieder komplett.

»Mensch, Richard«, sagte Bogner und strich Block durch das eisengraue Haar, »Richard, das war knapp.«

»Du sagst es«, krächzte Block. »Aber ich hab' endlich mal wieder das getan, wofür ich eigentlich zur Polizei gegangen bin. Damals, vor über zwanzig Jahren.«

»Was meinst du damit?« fragte Bogner.

Block hustete noch einmal, bevor er reden konnte:

»Ich habe einem Menschen geholfen«, sagte er und schaute zurück auf das Feuer. »Einem Menschen geholfen«, wiederholte er. »Direkt. Ohne Formulare. Ohne Umwege. Und ohne Computer und diesen ganzen modernen Schnickschnack.«

Block lehnte sich mit dem Rücken gegen Vierzehn/zwei und atmete schwer.

»Wir haben doch gar keine Zeit mehr für unsere eigentlichen Aufgaben«, sagte er düster.

Bogner runzelte die Stirn.

»Du redest ja wie ein Leitartikler von irgendeiner Zeitung«, meinte er. »Also Klartext: Worauf willst du hinaus?«

Sowas Verrücktes, dachte Bogner dabei: Da brennt ein Haus, da lodern die Flammen, zischen die Wasserstrahlen, schreien die Leute – und wir diskutieren über Fragwürdigkeiten des modernen Polizeidienstes.

Irgend jemand reichte Block einen Becher Kaffee. Block nahm ihn mit dankbarem Nicken und schlürfte gierig.

»Ich will nicht mehr«, verkündete er müde. »Ich lass' mich versetzen.«

Bogner traute seinen Ohren nicht. Block und versetzen lassen? Der war doch mit dem Revier und mit Vierzehn/zwei verheiratet. Deshalb hatte sich doch seine Frau von ihm scheiden lassen.

»Und wohin?« fragte Bogner.

»Da ist doch dieses Rundschreiben gekommen: Beamte, die über zwanzig Jahre auf dem Buckel haben, können sich als Ausbilder zur Landespolizeischule melden«, sagte Block und zeigte mit dem Pappbecher auf sich selbst: »Ich melde mich.«

Jetzt konnte sich Bogner ein Grinsen nicht verkneifen.

»Leider zu spät«, sagte er genüßlich.

»Wieso?« fragte Block.

»Heute ist noch ein Schreiben vom Präsidium gekommen«, erläuterte Bogner. »Du warst schon weg, sonst wär's dir bestimmt aufgefallen.«

Block sah Bogner gespannt an, und der fuhr fort:

»Alle Beamten mit mehr als zwanzig Dienstjahren sollen sich bereithalten, um unsere neuen weiblichen Kollegen anzuleiten, wenn die von der Schule zu uns aufs Revier kommen. So 'ne Art Bärenführer – du verstehst?«

Block lehnte sich weit an den Streifenwagen zurück und sah hinauf in den schwarzen Nachthimmel.

»Ja, ja, ich verstehe«, sagte er und seufzte. »Frauen bei der Polizei gibt's in Hamburg schon ewig«, sinnierte er. »Auf der Davidswache. In blauen Uniformen. Schutz für Frauen und Kinder. Das war ihre Aufgabe.«

Es hörte sich beinahe an, als hätte er die alte Machoformel »Kinder, Küche, Kirche« heruntergeleiert. Bogner schüttelte ärgerlich den Kopf.

»Mensch, Richard, das ist vorbei!« sagte er mit Nachdruck. »Heute sind das gleichwertige Kollegen! Mit den gleichen Rechten und den gleichen Pflichten! Mit der gleichen Ausbildung und der gleichen Bezahlung wie die Männer.

»Ich weiß, ich weiß«, sagte Block und machte eine abfällige Geste mit seinem Kaffeebecher. »Mit den gleichen Rechten und Pflichten! Und 'ne Kanone haben sie auch!«

Block sah starr geradeaus. Vor ihnen prasselte noch immer das Inferno, zischte Wasser aus unzähligen Rohren, liefen Feuerwehrleute scheinbar ziellos durcheinander – aber Bogner hatte das Gefühl, als ob Block nichts davon sähe. Dessen Blick ging in eine nur ihm bekannte Ferne.

»Aber wenn's ernst wird«, sagte er schwer, »wenn's ernst wird, sind die Mädchen doch viel zu nervös, um mit so einem Ding überhaupt umzugehen . . .«

Am liebsten wäre sie in Ohnmacht gefallen. Nach zweieinhalb Jahren Ausbildung an der Landespolizeischule mußte ausgerechnet ihr das passieren!

Mein Gott, was hatten sie ihr nicht alles in den Kopf getrichtert: Verkehrsrecht, Strafrecht und Strafprozeßrecht, Recht über Gefahrenabwehr, Beamtenrecht, Ordnungsrecht und Staatspolitische Bildung, Kriminalistik und Waffenkunde – alles, alles erdenkliche war ihnen eingetrichtert worden. Aber niemand war je auf die Idee gekommen, den angehenden Polizistinnen und Polizisten zu zeigen, wie ihr oberster Vorgesetzter, wie der Polizeipräsident aussah.

Zur Polizei-Schau hatten sie Ellen Wegener als eine Art Platzanweiserin eingeteilt, für die Ehrengäste immerhin. Und auch diese Aufgabe hatte Ellen Wegener durchaus ernstgenommen. Sie hatte sich sachkundig gemacht: Wie redet man diesen und wie redet man jenen Prominenten an? O ja, sie war vorbereitet gewesen auf die protokollarischen Probleme gehobenen gesellschaftlichen Umgangs.

Und anfangs war ja auch alles fabelhaft gelaufen. Als der bärtige Herr aus Österreich ihr die Einladung hingehalten hatte, hatte sie artig »Herr Generalkonsul« gesagt, und der humorvolle Herr hatte ihr augenzwinkernd erklärt:

»Kennen Sie die Wiener Karriere?«

Ellen Wegener schaute fragend auf.

»Sängerknabe – Lipizzaner – Hofrat.«

Ellen schmunzelte.

»So etwas Charmantes in Uniform«, fuhr der Diplomat fort, »das sollte man in Wien einmal erleben. Besuchen Sie uns doch einmal an der schönen blauen Donau!«

»Gern«, erwiderte Ellen. »Wenn's meine Firma erlaubt.«

»Ich fürchte, die Firma wird es nicht erlauben«, sagte ein Herr hinter ihr. »Aber hier an der Elbe ist es doch auch ganz schön.«

»Darf ich bitte mal Ihre Karte sehen?« fragte Ellen.

»Meine Karte? Die ist draußen. Aber es ist gleich hier vorn.«

Er zeigte auf die vordersten Reihen.

»Tut mir leid«, sagte Ellen. »Aber diese Plätze sind nur für Ehrengäste.«

»Nun ist es aber gut«, sagte der Herr. »Ich weiß so ungefähr, wo ich sitze.«

Und er wollte sich an ihr vorbeidrängen. Ellen stellte sich tapfer in den Weg.

»Es tut mir leid«, sagte sie entschieden, »aber ohne Eintrittskarte kann ich Sie hier nicht –«

Ellen brach verwirrt ab. Das Licht in der Halle war ausgeschaltet worden, und ein Spot tauchte Ellen und den unbekannten Herrn in grelles Scheinwerferlicht. Und dazu verkündete eine Lautsprecherstimme:

»Jetzt ist auch unser Gastgeber eingetroffen: Wir begrüßen Hamburgs Polizeipräsidenten sehr herzlich!«

Es dauerte zwei Sekunden, bis sie es begriffen hatte. Verlegen setzte sie zu einer Entschuldigung an:

»Herr Präsident, ich entschul –«

»Wieso denn?« fiel er ihr ins Wort. »Ich muß mich bei Ihnen entschuldigen, ich habe doch meine Karte vergessen . . .«

Sie gab den Weg frei, und der Herr Polizeipräsident ging zu seinem Platz. Ellen Wegener schloß die Augen und atmete tief: So hatte sie sich ihren Anfang bei der Polizei wirklich nicht vorgestellt . . .

Mensch der Bulle ist 'ne Frau

1

Block aß Schellfisch.

Erstens: weil er gern hin und wieder Fisch aß; zweitens: weil er im »Fischkutter« saß, wo sich auch ein Polizist des Mittleren Dienstes Schellfisch leisten konnte – und drittens überhaupt.

Ihm gegenüber saß Dietmar Steiner.

Steiner war ein Kollege, Steiner hatte Übergewicht, und Steiner fraß in der Frühschicht und in der Spätschicht, er fraß an Werk- und an Feiertagen, er fraß innerhalb und außerhalb des Reviers, ja, es war sogar denkbar, daß er sie selbst im Schlaf fraß, diese kleinen, gesalzenen Dinger, mit denen es einer immerhin bis zum amerikanischen Präsidenten gebracht hatte – kurz: Steiner fraß bei jeder Gelegenheit Erdnüsse.

»Sag mal«, brummte Block, »sind wir hier eigentlich im Fischkutter oder bei Hagenbeck?«

Steiner lief brav ins offene Messer.

»Was soll'n das?« fragte er.

Block grinste.

»Außer den Affen auf den Felsen«, sagte er, »habe ich noch keinen Menschen gesehen, der so viele Erdnüsse frißt wie du.«

Wenn's ums Essen ging, fehlte Steiner jeder Sinn für Humor. Und ausgerechnet dieser Dicke mußte verkünden:

»Durch Erdnüsse halte ich meine Figur.«

Block bedachte das, was Steiner »seine Figur« nannte, mit einem kritischen Blick. Das veranlaßte den Kollegen, weitere Argumente ins Feld zu führen:

»Außerdem enthalten die Erdnüsse Vitamin B,

Kalium und Proteine«, verkündete er. »Das heißt, sie stärken Muskeln, Nerven – und machen intelligent.«

Block schluckte einen Bissen Schellfisch und fragte ernst:

»Bist du sicher, daß das Erdnüsse sind, die du da ißt?«

Steiner schnaufte.

»Du mit deiner Fischesserei, paß du mal auf, daß du keine Schwimmflossen zwischen den Fingern kriegst!«

»Oh«, sagte Block, »Fisch ist sehr gesund und macht nicht dick.«

Darauf wußte Steiner auf Anhieb nichts zu erwidern. Da sie einen Fensterplatz hatten, zog er es vor, hinauszuschauen auf die Straße. Das Wetter war indifferent, konnte sich zu nichts entscheiden. Passanten gingen draußen vorbei, und plötzlich stutzte Steiner: Eine junge Frau war ins Blickfeld gekommen. Sie trug Stiefel, verwaschene Jeans, einen langen Pullover und eine Windjacke. Das Auffälligste aber waren ihre langen, kastanienbraune Haare, die ihr bis zu den Ellbogen reichten.

»Guck mal da!« sagte Steiner. »Die Neue!«

Block wandte kaum den Kopf.

»Wenn's dich interessiert«, fuhr Steiner fort: »Ich habe ihren Personalbogen gelesen. Geboren 1959. Vater Verwaltungsbeamter im öffentlichen Dienst, gehobene Laufbahn. Vor zwei Jahren gestorben. Die Mutter ist auch tot.«

Uninteressiert wandte Block sich vom Fenster ab und stand auf.

»Es reicht«, sagte er. »Ich trink' noch einen Kaffee. Du auch?«

»Überredet«, sagte Steiner und folgte ihm an die Theke. »Ich auch.«

Block bestellte zwei Kaffee. Aber so leicht war Steiner nicht zu stoppen, wenn er erst einmal mit einem Thema angefangen hatte: »Ausbildung zunächst als Krankenschwester«, fuhr er fort, seine Personalkenntnisse an den Mann zu bringen. »Mit Abschluß! Danach unwiderstehlicher Drang zur Polizei.«

»Es reicht«, sagte Block uninteressiert.

Sie bekamen ihren Kaffee, und Steiner redete ungerührt weiter:

»Größe einsneunundsechszig, Schuhgröße achtunddreißig, Brustumfang –«

»Ich habe gesagt, es reicht!« unterbrach Block.

»Na hör mal!« mahnte Steiner: »Das ist unsere neue Kollegin!«

»Deine vielleicht«, sagte Block. »Mit mir wird sie wenig Spaß haben.«

Steiner hatte die Tüte mit den Erdnüssen auf dem Tisch liegen lassen. Er holte sie, griff hinein und meinte: »Weißt du, ich finde das gar nicht so schlecht: Frauen bei der Polizei. Es gibt doch immer mal wieder die eine oder andere Situation, wo so eine Frau –«

Block unterbrach ihn schon wieder:

»Es gibt die eine oder andere Situation, da wirst du dir noch wünschen, es wäre ein Kerl, der neben dir steht. Und wenn die Kollegin noch so reizend ist. Meinetwegen mit Brustumfang 105.«

Block rührte in seinem Kaffee. Steiner knüllte die Tüte zusammen.

»Jetzt reicht es *mir!*« knurrte er.

Block lachte.

»Siehst du«, sagte er, »jetzt haben wir ihretwegen schon den ersten Krach. Fängt ja gut an.«

»Mahlzeit«, brummte Steiner.

»Oder so«, sagte Block.

Eine leichte Mißstimmung war zwischen ihnen aufgekommen. Sie tranken rasch ihren Kaffee, zogen ihre Mäntel an und gingen hinaus, ohne das Thema »Polizistinnen« noch einmal zu erwähnen. Aber kaum standen sie auf der Straße und schauten hinüber zum Revier, da war es Block, der sagte:

»Ach, sieh mal an! Unser Freund Neidhardt! Dem Täter auf der Spur.«

Er war stehengeblieben und schaute hinüber zum Haupteingang des Reviers. Dort hatte sich die neue Kollegin aufhalten lassen, denn Neidhardt Köhler stand in seiner grünen Polizei-Motorrad-Kluft wie das Denkmal des unbekannten Polizisten vor dem Eingang und hielt Wache für wer weiß was. Wahrscheinlicher aber war, daß er vom Dienstantritt der Neuen gehört hatte und sie gleich bei Schichtbeginn von seinem überwältigenden Charme überzeugen wollte. Köhler hatte es mit den Frauen.

»Ah!« sagte Steiner und äffte Köhler nach: »Guten Tag! Sie sind die Neue? Mein Name ist Neidhardt Köhler, Polizeihauptwachmeister, 25. Ich bin der Schnellste hier im Vierzehnten. Ohne mich läuft gar nichts. Halten Sie sich an mich. Die Kollegen halten nicht viel von Damen in Uniform.«

»Es reicht!« stellte Block mit Nachdruck fest.

»Du wiederholst dich«, bemerkte Steiner.

Schweigend überquerten sie die Straße. Das Revier und ein neuer Schichtdienst standen ihnen bevor.

Und die neue Kollegin.

2

Ellen Wegener hatte nicht sonderlich gut geschlafen in dieser Nacht. Es war wie vor einer entscheidenden Prüfung. Dabei ging es doch nur darum, den Dienst anzutreten, auf den sie zweieinhalb Jahre lang vorbereitet worden war.

Sie hatte wirr geträumt. Vom Schießkino, wo es darum ging, in Sekundenschnelle die richtige Entscheidung für den Schußwaffengebrauch zu treffen. Und von der Judo-Ausbildung, wo ihr mehr als einmal die Muskeln geschmerzt hatten wie nach übermäßig anstrengender körperlicher Arbeit. Aber darauf hatte niemand Rücksicht genommen.

»Gleichberechtigung ist, wenn's wehtut«, war eine beliebte Redensart in der Turnhalle gewesen. Und sie hatten es ja auch nicht anders haben wollen, sie, die angehenden Polizistinnen. Aber als Ellen aus dem Traum aufgeschreckt war, hatte ihr die Schulter wehgetan, als hätte sie wirklich im Bett Selbstverteidigung trainiert.

Dann war endlich der Morgen gekommen, die Rituale zivilisierten Lebens hatten sie abgelenkt, und nun war sie auf dem Weg zum Revier, zum »Vierzehnten«, und sie fragte sich, wie es wohl werden würde. Sie kam am »Fischkutter« vorbei, überquerte die breite Straße und sah schon von weitem den Motorradhelden vor dem Eingang stehen. Er hieß Köhler oder so ähnlich, und er hatte bei der Polizeischau einige verwegene Nummern mit seinem Feuerstuhl vorgeführt. Sie war ihm zufällig begegnet, und er hatte sofort versucht, sich mit ihr zu verabreden. Wenn das auch nur die Hälfte der künftigen Kollegen versucht, dachte sie belustigt, dann brauche ich mir über meine Freizeitgestaltung jedenfalls keine Sorgen mehr zu machen.

»Guten Morgen, schöne Kollegin!« rief Motorrad-Köhler fröhlich, als sie noch ein paar Schritte von ihm entfernt war.

»Guten Morgen, Herr Kollege«, erwiderte Ellen freundlich. »Müssen Sie den ganzen Tag hier stehen?«

Köhler runzelte die Stirn.

»Ich?« fragte er verwirrt. »Nein. Eh – wieso?«

»Ich dachte, Sie stehen hier Wache – oder sowas.«

Jetzt grinste er. Unsympathisch sah er ja nicht aus, der Herr Kollege mit dem Motorrad.

»Sie haben mich erwischt«, gab er mit jungenhaftem Lächeln zu.

»Wobei?« fragte Ellen.

»Ich habe natürlich auf Sie gewartet.«

»Natürlich. Und warum?«

»Irgendeiner muß Sie doch mit der Örtlichkeit vertraut machen, schöne Kollegin.«

»Oh, ich war schon mal hier. Ich weiß, daß die Umkleideräume im ersten Stock sind.«

»Das meinte ich nicht. Ich meinte eher so das Umfeld des Reviers. Wer beim Vierzehnten Dienst tut, der muß sich ja auch in dem Gebiet auskennen, das zum Revier gehört.«

Sein Blick war treu wie der eines Dackels, fand Ellen, aber da glitzerte auch irgendwo der Funke der Jagdleidenschaft.

»Und Sie möchten mir die Umgebung zeigen, nehme ich an?«

»Ja«, gestand er treuherzig. »Wie wär's damit – nach Feierabend?«

Ellen tat, als ob sie nachdächte, dann schüttelte sie freundlich ablehnend den Kopf und zeigte auf sein Motorrad:

»Vier Räder sollten's schon sein«, sagte sie und huschte durch den Eingang ins Gebäude.

Sie grüßte die ihr noch unbekannten Kollegen, stapfte die Treppe zum ersten Stock hinauf und zog sich um. Sie hatte sich in den vergangenen zweieinhalb Jahren an die Uniform gewöhnt, aber heute kam es ihr vor, als trüge sie die Dienstkleidung zum ersten Mal.

Jetzt war sie keine Polizei-Schülerin mehr. Sie war richtige Polizistin, Oberwachtmeister wiesen ihre Rangabzeichen aus, und wahrscheinlich würde sie heute zum ersten Male in einen Streifenwagen steigen und durch Hamburg kutschieren. Da konnte man sich noch so bemühen, »cool« zu bleiben – aufregend war es doch.

Sie probte den Sitz der Dienstmütze vor dem Spiegel. Nicht zu gerade, sie wollte ja nicht wie ein Soldat oder wie ein Spießer aussehen – aber auch nicht zu keß, das paßte irgendwie nicht zu ihrer soliden Vorstellung von einer Polizistin. Wieder einmal stellte sie fest, daß eine Kopfbedeckung das Gesicht einer Frau verändern kann. Sie war schließlich mit dem Sitz der Mütze zufrieden, merkte ihn sich und knotete den Schal über ihrer Lederjacke. Darauf verwandte sie keine bewußte Aufmerksamkeit, und es sollte der Augenblick kommen, da sie das bereuen würde.

Als sie die Treppe zur Wache hinabstieg, hörte sie von unten die laute Stimme einer Frau, die unverkennbar Hamburgerin sein mußte:

». . . Magen verkorkst? Sie krümmt sich vor Schmerzen!«

Jetzt war Bogner zu hören:

»Der BünaBe soll Sie nach Hause fahren.«

Die Frau war entrüstet.

»Wer? Wer bringt mich nach Hause? Bü-was?«

Ellen betrat den Wachraum. Es war allerhand Betrieb. Die ablösenden Kollegen standen herum, ein paar Zivilisten mit wer weiß welchen Anliegen waren zu sehen, und vorn am Tresen stand eine vollschlanke Frau in mittleren Jahren, der ein Kollege gerade erklärte:

»Bü-nah-Be. Das sagen wir hier auf der Wache.«

Bogner machte es begreiflich:

»BünaBe heißt bürgernaher Beamter. Auf Deutsch: ein Polizist, der wie in alten Zeiten seinen Dienst zu Fuß macht.«

»Ganz recht, Herr Kollege!« stimmte ein Uniformierter zu, der sportlich und drahtig wirkte, obgleich er schon eisengraues Haar hatte. »Wie in guten alten Zeiten. Damals gab es auch noch keine Computerfahndung, keine Großraum-Reviere . . .«

Das klang engagiert, aber auch ein bißchen antiquiert. Der Hammer aber kam gleich darauf. Denn der ergraute Kollege beendete seinen Satz mit dem Seitenhieb:

». . . und vor allem: keine Frauen im Streifenwagen.«

Das kann ja heiter werden, dachte Ellen. Aber bevor sie weiter darüber nachdenken konnte, hörte sie Bogner sagen:

»Apropos, ich habe eine besondere Aufgabe für euch: – Frau Wegener.«

Diensteifrig schob sich Ellen näher. Bogner streifte sie mit einem knappen Blick und befahl:

»Nachdem Sie Ihren Schal etwas weniger modisch drapiert haben, fährt Kollege Block eine Einführungsrunde mit Ihnen durchs Revier.«

Verlegen zupfte Ellen den Knoten im Schal auf. Dann fiel ihr ein, daß Bogner vergessen hatte, sie vorzustellen. Also wandte sie sich an den ergrauten Kollegen und sagte freundlich:

»Wegener.«

Er wandte ihr nicht einmal den Kopf zu, als er erwiderte:

»Block.«

So leicht wollte sie sich nicht abweisen lassen. Sie nahm sich zusammen und fügte ihren Vornamen hinzu: »Ellen Wegener.«

Jetzt sah er sie an. In seinem Blick lag ziemlich viel Ablehnung, die ganz deutlich wurde, als er stur wiederholte:

»Block.«

In den nächsten Minuten war sie so verwirrt, daß sie die Vorstellung eines jüngeren, zur Rundlichkeit neigenden Kollegen namens Steiner kaum wahrnahm, obgleich sie ihm schon dankbar war, daß er wenigstens freundlich lächelte und ihr die Hand drückte.

Was, zum Teufel, bildete sich dieser Block eigentlich ein? In welchem Jahrhundert lebte er? Und wenn er schon etwas gegen Frauen im Streifenwagen hatte – mußte er es so überdeutlich zeigen?

Zum Glück setzte er sich hinten in den Wagen, während Steiner das Steuer übernahm und für sie der Beifahrersitz blieb. Als sie den Gurt heranzog, war ihre anfängliche Wut bereits verflogen, und ihre Bereitschaft, Verständnis für das Verhalten der lieben Mitmenschen zu suchen, setzte sich wieder durch. Wer weiß, was diesen Block zu dem sturen Bock gemacht hatte, als der er sich jetzt gab.

Jedenfalls würde sie sich weder provozieren noch einschüchtern lassen.

»Gleichberechtigung ist, wenn's wehtut«, kam ihr in die Erinnerung, und sie verkniff sich ein Lachen. Sie hatte Polizistin werden wollen – und nun würde sie sich von ein paar Anfangsschwierigkeiten nicht abschrecken lassen. Irgendwann, dessen war sie sicher, würde schon der Augenblick kommen, da sie beweisen konnte, daß sie ebensogut ein Polizist war wie jeder männliche Kollege.

Außerdem – was wollte sie noch? Sie hatte ihre Prüfung bestanden, sie trug die Uniform und war sogar schon Oberwachtmeister, an ihrer Hüfte hing eine schwere Pistole, die sie hoffentlich nie brauchen würde, obgleich sie gut damit umgehen konnte – und sie saß in Vierzehn/zwei und fuhr durch Hamburg. Durch eine Stadt, die sie liebte; in einem Land, das gewiß kein Paradies war, in dem es sich aber leben ließ. Und sie hatte allen guten Willen dieser Erde. Block hin, Block her.

Und der ließ sich denn auch gerade vom Rücksitz her vernehmen:

»Sie haben ja schon ein halbes Jahr Praxis während

der Ausbildung auf irgendeinem Revier hinter sich. Aber bitte, wenn Sie noch irgendwelche Fragen haben: Fragen Sie.«

Steiner mischte sich ein:

»Und die Antworten lesen Sie dann am besten in der Polizei-Dienstverordnung.«

»Das ist unser Witzbold vom Dienst«, brummte Block ironisch.

»Ja, ich weiß«, maulte Steiner, »meine Witze gehen allen auf die Nerven, und fressen tu' ich auch zuviel!«

Warum hacken die jetzt aufeinander herum? fragte sich Ellen, wandte den Kopf nach hinten und wollte ihnen erklären, daß sie dieses Benehmen schlicht kindisch fand. Sie sagte:

»Ihre Gespräche erinnern mich an meine erste Schulstunde!«

Block schenkte ihr wieder einen seiner frostigen Blicke.

»So, tun sie das?« fragte er. »Warum nicht an den Kindergarten? Ist doch bei Ihnen noch nicht so lange her.«

Ellen holte Luft, aber sie kam zu keiner Erwiderung, denn Block verlangte:

»Halt mal an, Dicker! Ich brauch' 'ne kleine Stärkung. Mir ist da was auf den Magen geschlagen.«

Verwundert beobachtete Ellen, daß Steiner den Streifenwagen wenige Meter vor einer Eckkneipe anhielt, und Block tatsächlich in das Lokal ging. Am helligten Tag und mitten im Dienst.

»Kollege Block ist ein Schaumbolzen«, sagte Ellen. »Darf er das denn?«

Steiner bewies sein gutes Herz.

»Er hat's ja nicht so gemeint«, erklärte er tröstend.

»Nein. Ich meine, daß er so einfach in die Kneipe geht.«

»Ach so«, sagte Steiner. »Na, ich meine, wenn einer

Magenschmerzen hat, dann ist dagegen nichts einzuwenden. Außerdem ist der Chef von der Kneipe ein alter Bekannter von uns.«

»Ein Ganove?« fragte Ellen.

»Nichts Geringeres als das, Frau Kollegin«, klärte Steiner sie auf. »Er heißt Bruno Beckmann und ist 'ne Seele von Mensch. Wirklich ein netter Kerl, aber auch er hat seine Probleme. *Unser* Problem ist es, ihn von seinen ständigen Aufenthalten außerhalb seiner Kneipe fernzuhalten, von Santa Fu – im Amtsdeutsch: Strafvollzugsanstalt Fuhlsbüttel.«

Das gefällt mir, dachte Ellen Wegener: Die Polizei strengt sich an, damit einer *nicht* ins Gefängnis muß. Aber warum eigentlich?

3

Bruno Beckmann war wirklich kein Ganove, und er sah auch nicht wie einer aus. Eher klein von Gestalt, dazu schmächtig und weiß Gott auch nicht mehr der Jüngste, brachte er es doch immer wieder fertig, sich einen vorübergehenden Aufenthalt in Santa Fu zu verschaffen.

Dabei wollte er es wirklich nicht. Und er bereute es jedesmal – wenn's vorbei war, und er die Suppe auslöffeln mußte.

Auch diesmal hatte er sich geschworen: Nie wieder! Nie wieder Santa Fu und nie wieder das, was dazu führte. Und deshalb betrat er reinen Herzens das Büro des Gefängnisdirektors am Tage seiner vorzeitigen Entlassung.

Die Anstaltspsychologin stand am Fenster, und Beckmann zog bereits innerlich den Kopf ein. Deren Seelenmassage kannte er zur Genüge. Aber sowas gehörte heutzutage eben dazu, das mußte man über sich ergehen lassen.

Aber diesmal mußte Beckmann nicht die schon vertrauten Belehrungen noch ein weiteres Mal anhören. Stattdessen wurde ihm mitgeteilt:

»Hören Sie genau zu, was Herr Dr. Leiter Ihnen zu sagen hat.«

Dr. Leiter war der Gefängnisdirektor, ein durchaus umgänglicher, gebildeter Herr mit einem gepflegten, kurz gehaltenen Vollbart, und er sagte eindringlich:

»Mann, Herr Beckmann, ich will Sie hier nie wieder sehen! Haben Sie das begriffen?«

»Ich will Sie ja auch nie wiedersehen, Herr Direktor«, erwiderte Beckmann treuherzig. »Wenigstens nicht hier«, setzte er versöhnlich hinzu. »Besuchen Sie mich doch mal in meiner Kneipe! Erstklassige Frikadellen! Kriegen Sie in ganz Hamburg nicht!« Er grinste: »Halb Pferd, halb Hund.«

Dr. Leiter schien das nicht sonderlich witzig zu finden. Beckmann drehte die Mütze in den Händen. Bei diesen Studierten wußte man nie, welcher Witz ankommen würde.

Irgendwo draußen bellte ein Hund. Beckmann lauschte. Dann sagte er fröhlich:

»Das ist mein Troll! Da muß meine Alte ja auch irgendwo hier in der Gegend sein!«

Die Psychologin mischte sich ein.

»Sie ist es, Herr Beckmann. Und wir haben ihr das gleiche gesagt wie Ihnen: Wenn's bei Ihnen nochmal aussetzt da oben, dann kommen Sie unweigerlich in die Psychiatrie.«

Beckmann runzelte die Stirn.

»Bitte – was?« fragte er. »Psychi –?«

»Psychiatrie«, wiederholte die strenge Dame mit einem ebenso strengen Blick. Den kannte Beckmann allerdings.

»Ach, Sie meinen, ich bin balla-balla?« fragte er und machte eine Gebärde vor seinem Kopf.

»Und da«, fuhr die Psychologin unbeirrt fort, »da bleiben Sie so lange, bis Sie begriffen haben, daß Bundeswehrsoldaten nicht dazu da sind, sie zu verkloppen.«

Das war Beckmanns Problem. Aber er fand es von der Psychologin nicht korrekt wiedergegeben. Frauen konnten das vielleicht gar nicht verstehen. Beckmann wandte sich an den Direktor. »Nur Feldwebel, Herr Direktor!« stellte er richtig. »Nur Feldwebel!«
Die konnte er nun einmal nicht ausstehen. Feldwebel waren für ihn das, was für einen Stier das rote Tuch ist.

Dr. Leiter hatte Beckmanns Akte aufgenommen und blätterte in dem bereits umfangreichen Papierberg, bis er gefunden hatte, was er suchte.

»Sie waren noch in der Großdeutschen Wehrmacht, Herr Beckmann?« fragte er.

Unwillkürlich nahm Beckmann Haltung an.

»Jawoll, Herr Direktor!« erwiderte er militärisch knapp. »Vier Jahre! Und anschließend noch einmal vier Jahre hinter Stacheldraht!«

»Dienstgrad?«

Beckmann wand sich. Wenn wenigstens die Frau nicht dabei gewesen wäre! Widerwillig gab er leise zu:

»Oberschütze.« Er holte Luft und fügte hinzu: »Leider – aber das lag nur an meinem Feldwebel!«

Dr. Leiter klappte die Akte zu und fragte:

»Und Sie glauben nicht, daß Ihre Zwangsvorstellungen mit Ihrem Dienstgrad in irgendeinem Zusammenhang stehen?«

Wieder nahm Beckmann Haltung an.

»Nein, Herr Direktor!« erklärte er entschieden.

»Mensch, Beckmann«, sagte Dr. Leitner eindringlich: »Weil Sie's damals nur bis zum Schützen Arsch gebracht haben, verdreschen Sie heute laufend Feld –«

»Jawoll, Herr Direktor!« rutschte es Beckmann heraus.

»Also ich hoffe, Sie haben's endlich begriffen, und wir sehen uns nie wieder, Herr Beckmann!«

Dr. Leiter war aufgestanden und vor Beckmann getreten, dem er zuredete wie einem störrischen Esel. Aber der konnte nicht über seinen Schatten springen.

»Das kommt natürlich ganz darauf an, Herr Direktor«, gab er zu bedenken. »Wenn ich keine Feldwebel treffe –«

Dr. Leiter unterbrach ihn.

»Hauen Sie bloß ab! Lassen Sie sich Ihre Papiere geben!«

Beckmann wollte verschwinden. Aber Dr. Leiter trat ihm in den Weg, neigte sich ein wenig zu dem kleineren Mann herab und sagte vertraulich:

»Noch ein kleiner privater Tip von mir: Wenn Sie wieder mal einen Feldwebel sehen – zählen Sie langsam bis zehn. Und meiden Sie Alkohol! Verstanden, Herr Beckmann?«

Sie meinten es ja wirklich gut mit ihm. Beckmann war überwältigt von dieser Herzenswärme, die ihm entgegengebracht wurde. Mit bestem Wissen und Gewissen versicherte er:

»Jawoll, Herr Direktor!«

Mit einem zufriedenen Lächeln verabschiedete ihn der Gefängnisdirektor. Mit edlen Absichten ging Beckmann hinaus.

Und völlig ahnungslos dirigierte draußen ein Feldwebel der Bundeswehr den Fahrschul-Kübelwagen mit einem jungen Rekruten in eine Richtung, die unmittelbar zum Tor des Gefängnisses führte.

4

Als Block zum wartenden Streifenwagen zurückkehrte, sah Steiner, daß Frau Beckmann mit ihrem schwarzen Hund aus der Kneipe herauskam und sie abschloß.

»Wieso macht sie mitten am Tag die Kneipe zu?« fragte er.

Block winkte der Gastwirtin zu.

»Sie holt ihren Mann vom Knast ab«, erklärte er. »Wieder einmal wegen guter Führung vorzeitig entlassen. Steig du mal hinten ein. Ich übernehme das Steuer.«

Steiner hatte nichts dagegen, und kaum saß er hinten, da hatte er auch schon eine Tüte Erdnüsse aus der Hosentasche gezogen.

»Was macht dein Magen?« fragte er mampfend.

»Besser«, erwiderte Block lakonisch. »Ich hab' 'nen Magenbitter getrunken.«

Er fuhr an und fädelte sich routiniert in den fließenden Verkehr ein. Magenbitter, und das im Dienst, dachte Ellen Wegener. Davon haben sie uns auf der Polizeischule nichts erzählt. Ihr Blick streifte über die vorbeihuschenden Passanten, die Häuser, die entgegenkommenden Fahrzeuge. Bis aus dem stets eingeschalteten Lautsprecher des Sprechfunkgerätes eine Männerstimme aus der Funkleitstelle drang:

»Vierzehn/zwei für Michel, bitte kommen! – Also da ist ein Fall, der sehr unangenehm werden kann. Eine Frau ist eben ins Krankenhaus eingeliefert worden mit Verdacht auf Fischvergiftung. Die Symptome scheinen ziemlich eindeutig.«

»Ich wette«, sagte Block, »das ist die Tante, von der uns die Nachbarin auf dem Revier erzählt hat.«

Steiner auf dem Rücksitz grinste breit.

»Das gibt 'nen anständigen Dünnpfiff!« meinte er.

Ellen Wegener schossen augenblicklich die einschlägigen Paragraphen durch den Kopf: akute Gefahr für die Allgemeinheit – denn wo ein verdorbener Fisch ist, können ebensogut hundert sein.

»Plaudern Sie ruhig weiter, meine Herren«, sagte Ellen. »Lassen Sie sich nicht stören.«

Wieder ertönte die Lautsprecherstimme:

»Vierzehn/zwei für Michael. Der einweisende Arzt wurde vom 14. Revier verständigt. Stellen Sie unverzüglich fest, von wem der Fisch verkauft wurde. Vermutlich von der Fischhandlung Haldersson in der Bremer Straße.«

Das war dicht am Revier. Ellen Wegener griff zum Telefonhörer.

»Vierzehn/zwei hat verstanden«, sagte sie. »Wir fahren hin.«

Sie legte den Hörer zurück und dachte: Der erste richtige Einsatz – wegen möglicherweise verdorbenem Fisch! Na, das hatte ich mir anders vorgestellt.

Block hatte schon den Blinker eingeschaltet und bog ab.

»Haben die Haldersson gesagt?« fragte er.

»Haben sie«, bestätigte Ellen.

»Feine Adresse«, meinte Block.

»Erstklassiger Matjes«, fügte Steiner hinzu. »Frisch aus der Tonne. Und direkt aus Holland.«

Block fuhr so zügig, wie es der Verkehr erlaubte. Aber schon nach ein paar Minuten quarrte wieder der Lautsprecher, und Bogners Stimme bat:

»Vierzehn/zwei für Revier vierzehn, kommen!«

Ellen Wegener griff zum Hörer.

»Vierzehn/zwei hört.«

»Seid ihr schon bei der Fischhandlung?«

So gut kannte sich Ellen Wegener noch nicht in der Gegend aus. Sie warf Block einen fragenden Blick zu.

»Wir sind auf dem Wege«, brummte der.

»Auf dem Weg dorthin«, sagte Ellen in den Hörer. »Aber was für einen Fisch hat die Frau eigentlich gegessen? Oder sollen wir etwa in der Fischhandlung den gesamten Warenvorrat beschlagnahmen?«

Im Lautsprecher blieb es still. Dafür ertönte vom Rücksitz her ein anerkennender Pfiff. Und aus den Augenwinkeln bemerkte Ellen Wegener, wie selbst Block beifällig das Gesicht verzog.

»Donnerwetter!« ertönte Bogners Stimme jetzt wieder. »Anerkennung, Frau Kollegin! Ich frage nach.«

»Und sowas muß mir passieren«, knurrte Block.

»Was meinen Sie?« fragte Ellen, obgleich sie es genau wußte.

»Na, selbstverständlich hätten wir das sofort fragen müssen!« gab Block zu. »Wir können doch Haldersson wegen der möglichen Fischvergiftung einer einzigen Frau nicht gleich das ganze Geschäft zumachen!«

Ellen Wegener gab sich Mühe, den Stolz auf ihre logische Glanzleistung nicht sichtbar werden zu lassen. Aber froh war sie doch, daß sie etwas Notwendiges erkannt hatte, bevor es den Herren der Schöpfung überhaupt aufgefallen war.

Nach ein paar Minuten war Bogners Stimme wieder im Lautsprecher. Er hatte im Krankenhaus angerufen und erfahren, daß die erkrankte Frau etwas von Schellfisch erzählt hatte.

»Schellfisch?« fragte Block mit seltsamer Betonung.

»Ihr wißt, daß das sehr unangenehm werden kann«, beendete Bogner das Gespräch.

»Ach nee«, knurrte Block und fügte mehr für sich hinzu: »Klugscheißer.«

Ellen Wegener verstand seine Reaktion nicht. Aber an Block gab es ja einiges, was nicht auf Anhieb zu verstehen war. Und jetzt wandte er sich auch noch wie einer der Prüfer auf der Polizeischule an die Kollegin:

»Wissen Sie eigentlich, worum es da geht?«

Nur nicht aufregen, dachte Ellen und erwiderte:

»Ich glaube schon. Wir sollen prüfen, ob da ein polizeiliches Eingreifen nach Lage aller in Betracht kommenden Umstände vom Standpunkt des öffentlichen Interesses aus zweckmäßig und zum Schutze der Betroffenen geboten ist.«

Na, das sitzt ja noch, dachte sie zufrieden und machte den Punkt hinter ihre Ausführungen, indem sie selbstbewußt erklärte:

»Paragraph drei SOG.«

Block bedachte sie mit einem seiner nicht ganz deutbaren Blicke und erkundigte sich:

»Sind Sie fertig?«

»Sie haben gefragt«, sagte Ellen, »Ich habe geantwortet.«

»Ihre Schulaufgaben haben Sie jedenfalls gemacht«, gab Block zu.

»Und mit Erfolg!« konnte sich Ellen nicht verkneifen.

Block wäre nicht Block gewesen, wenn er darauf keinen Dämpfer gewußt hätte:

»Das wird sich erst noch zeigen«, brummte er.

Er trat in die Bremse und ließ den Wagen vor der Fischhandlung Haldersson ausrollen. Ellen Wegener und Block stiegen vorne aus, während Steiner sich hinten damit abmühte, seinen Bauch zwischen Polster und Lehne zur Tür hinauszuschieben. Sie warteten nicht auf ihn.

Ellen bemerkte, daß ein paar Leute auf dem Gehsteig stehenblieben und neugierig auf sie starrten. Daran würde sie sich auch noch gewöhnen müssen, daß ihr Auftreten in Uniform immer gleichsam automatisch das Interesse der Öffentlichkeit erweckte.

In der Fischhandlung herrschte der für solche Läden typische Geruch. Ein paar Frauen standen weiter hinten, wo die Räucherware lag.

Block kannte sich auch hier aus, denn er trat sofort auf

einen bärtigen Mann zu, der eine weiße Schürze über seinem Pullover mit dem hübschen Norwegermuster trug.

»Guten Tag, Herr Haldersson«, sagte er. »Wie alt ist eigentlich der Schellfisch, den Sie verkaufen?«

Der Fischhändler fühlte sich sofort gekränkt. Laut rief er ein paar Wörter in einer Sprache, die sie nicht verstehen konnten. Aber er erklärte es sofort:

»Das war Isländisch! Das pflegte meine Oma immer in solchen Situationen zu sagen: Da lacht der Teufel im Schafsrock! Der Schellfisch, den ich seit heute morgen verkaufe, kommt weder vom Fischmarkt vom letzten Sonntag und der ist auch nicht durch drei oder vier Hände gegangen! Den habe ich heute früh höchstpersönlich von einem Eiscontainer aus Norwegen abgeholt! Da fallen Ihnen die Läuse vom Kopf, was?«

Er hatte aufgebracht zwei Schellfische auf Pergamentpapier und ihnen dann vor die Nase auf den Tresen geklatscht. Block fragte kühl: »Sind Sie fertig?«

Steiner kam wie aufs Stichwort herein und fragte:

»Na, seid ihr fertig? – Hallo, Chef! Frischer Matjes da?«

»Wenn ich euren Quark höre, wird der frischeste Matjes sauer!«

»Okay«, sagte Block. »Sie finden's komisch. Ich nicht. Frau Wegener, erklären Sie bitte mit Ihren juristischen Kenntnissen dem Herrn Holdersson –«

»Haldersson!« verbesserte der wütende Fischhändler.

Block ließ sich nicht irritieren, sondern fuhr fort:

»Oder so – was auf ihn zukommt.«

Zum ersten Male sah der Fischhändler Ellen Wegener genauer an. Die machte es gütlich, aber juristisch, wie Block es erbeten hatte:

»Herr Haldersson. Es geht hier um die Abwendung unmittelbarer Gefahren an Rechtsgütern.«

»Was?« rief der Fischhändler, hängte etwas Isländisches daran, auf dessen Übersetzung er verzichtete, und fuhr fort: »Ich denke, es geht um Schellfisch?«

Auch Steiner fühlte sich jetzt verpflichtet, dämpfend einzuwirken: »Herr Haldersson«, sagte er beruhigend, »ich kenne Sie und Ihr Geschäft. Aber die Lage ist nun mal so: Da liegt eine Frau angeblich mit Fischvergiftung im Hafenkrankenhaus –«

»Na und?« rief Haldersson, noch immer zutiefst in seiner Berufsehre gekränkt.

»Herr Haldersson«, sagte Ellen Wegener, »Sie haben doch Ihren Beruf gelernt. Eine Fischvergiftung ist keine Magenverstimmung. Und wenn Sie der Verursacher sind –«

»Was?« rief Haldersson. »Was soll ich verursacht haben?«

»Wenn Sie den Fisch verkauft haben«, fuhr Ellen Wegener fort, »oder – was wichtiger ist – wenn Sie ihn noch weiterverkaufen, kann man Sie für alle daraus entstehenden Folgen zur Verantwortung ziehen.«

Haldersson war eine Treppe hinabgestiegen und hatte die Tür zu einem Kühlraum aufgeriegelt.

»Ich verstehe immer nur Bahnhof!« rief er von unten und kam mit einer Kiste Schellfisch wieder herauf. »Das ist doch alles Tüttelkram!«

Zu ihrer Überraschung erlebte Ellen Wegener, wie Block ihr beistand:

»Meine Kollegin«, sagte er ernst, »meine Kollegin will Ihnen lediglich klarmachen, wenn der von Ihnen verkaufte Schellfisch nicht in Ordnung ist, dann sind Sie dran. Und das ist kein Tüttelkram. Verstanden?«

Steiner hatte draußen das Rufsignal des Sprechfunkgerätes gehört, war hinausgegangen und kam jetzt mit der Hiobsbotschaft herein:

»Herr Haldersson, es kam eben über Funk: Sie müssen den Verkauf von Schellfisch einstellen.«

»So? Muß ich das? Aber es ist doch noch gar nicht festgestellt, ob meine Ware verdorben ist!«

»Machen Sie doch sich und uns keine Schwierigkeiten«, riet Steiner und griff nach dem eingewickelten Schellfisch. »Ich bringe das jetzt rüber zum Revier. Da muß ich nämlich sowieso hin. Meine Erdnüsse sind alle.«

Steiner verließ mit dem Fischpäckchen den Laden. Haldersson resignierte, schüttelte den Kopf und sagte:

»Mein Gott, ich hab's schon mal gesagt. Das ist doch alles Tüttelkram.«

»Die Polizei«, erklärte Ellen Wegener, wie sie es gelernt hatte: »Die Polizei hat in jedem Falle einer möglichen Gefährdung nach pflichtgemäßem Ermessen zu verfahren.«

»Und wir verfahren«, sagte Block und wandte sich zum Ausgang.

Ellen Wegener verließ das Geschäft. Block aber blieb in der Tür stehen und ging noch einmal hinein.

»Sagen Sie mal, Herr Haldersson: Beliefern Sie eigentlich auch das Restaurant ›Fischkutter‹, da schräg gegenüber?«

»Den ›Fischkutter‹?« wiederholte Haldersson. »Das ist meine beste Adresse! Von dem lebe ich sozusagen. Und da war noch nie eine Beschwerde, wenn Sie das meinen.«

Block klatschte sich leicht gegen den Bauch und sagte:

»Vielleicht kriegen Sie jetzt die erste.«

Haldersson sah ihn verständnislos an. Block fragte leise:

»Wissen Sie eigentlich, wie lange es dauert, bevor man merkt, daß der Fisch, den man gegessen hat, schlecht war?«

Haldersson sah gequält drein.

»Mensch, Herr Block, das war für mich noch nie ein

Thema. Ich glaube, das geht so ungefähr nach zwei Stunden los.«

Block schob den Ärmel der Lederjacke zurück und schaute auf seine Uhr.

»Na«, sagte er, »dann sitze ich ja schon in den Startlöchern. Sportlich gesehen, Herr Haldersson. Tschüs.«

Er ging hinaus und trat auf der Beifahrerseite an den Streifenwagen, in dem Ellen Wegener gerade ihren Gurt festschnallte.

»Sehen Sie, Frau Kollegin, das ist nun so ein Fall aus dem Lehrbuch. Glauben wir an den faulen Fisch, oder glauben wir nicht daran? Wenn wir daran glauben, müssen wir jetzt auf den berühmten roten Knopf drükken. Und dann geht ein Theater los, das können Sie sich nicht vorstellen. Und hinterher werden dann die Schriftgelehrten monatelang darüber beraten, warum wir dieses oder jenes nicht oder doch getan haben – in jedem Falle aber sind Sie die Dumme.«

Er ging um den Wagen herum und stieg ein.

»Es geht doch nicht darum«, sagte Ellen Wegener, »ob ich an etwas glaube oder nicht. Ich habe alle mir bekannten Fakten gegeneinander abzuwägen und mir dann die Ermessensfrage zu stellen.«

Block war erschlagen von so viel kluger Theorie.

»Das haben Sie so schön gesagt, dazu fällt mir gar nichts mehr ein«, meinte er. »Fahren wir.«

Er ließ den Motor an. Und dabei dachte er an den Schellfisch, den er vor noch nicht einmal einer ganzen Stunde im ›Fischkutter‹ gegessen hatte.

5

Troll war aus dem Häuschen, Bruno Beckmann strahlte, und seine Frau freute sich. Die Familie war wieder zusammen, und die Tür im Tor der Strafvollzugsanstalt Fuhlsbüttel öffnete sich.

Beckmann hatte sich ganz fest geschworen: keinen Alkohol, keinen Zoff mit Feldwebeln. Und wenn plötzlich sämtliche männliche Wesen über zwanzig die Uniform eines Feldwebels tragen sollten – er würde es einfach nicht zur Kenntnis nehmen. Er wollte doch nicht in die Klapsmühle, in diese Psychi –, Psychi –, na eben Klapsmühle.

Der schwarze Hund sprang bellend um ihn herum, als Beckmann mit seiner Frau auf dem Parkplatz vor Santa Fu zu dem bestellten Taxi ging.

»Ist ja gut, Troll, ja, ja, ich freu' mich ja auch«, sagte Beckmann gerührt. »Ja, ich bin wieder da, Troll, ja!«

Er streichelte den freudig kläffenden Hund, zog die hintere Tür für seine Frau auf und stutzte. Träumte er? Litt er wirklich schon an Halluzinationen?

»Menschenskind, Sie Trantüte, was machen Sie denn da?« drang es an Beckmanns Ohr. Aber ebensogut hätte da einer das ABC aufsagen können – in dieser Tonart gab es nur eine Sorte von Menschen, so redeten rings um den Globus nur diese auserwählten Exemplare der Gattung Mensch: So schimpften nur Feldwebel.

Mit einem kribbelndem Gefühl im Genick hob Beckmann den Kopf und schaute über das Dach des Mercedes hinweg in die Richtung, aus der ununterbrochen diese ach so bezeichnenden Laute drangen:

»Mann, mit diesem Hebel sollen Sie schalten – nicht das Benzin umrühren!«

Da tuckerte stotternd ein Kübelwagen der Bundeswehr auf Beckmann zu. Das Verdeck war hochgeklappt, aber die Seitenfenster waren heruntergedreht, so daß Beckmann kein Wort entgehen konnte.

»Sie sollten Tretroller fahren, Mann, da gibt es weniger Gänge!« rief der Mann auf dem Beifahrersitz – ein Feldwebel, ein richtiger Feldwebel. In diesem Falle zugleich der Fahrlehrer, denn der Kübelwagen war als Lehrfahrzeug beschildert.

Beckmann legte seine Unterarme auf das Dach des hellen Taxis, vergrub den Kopf zwischen den Armen und fing an, laut zu zählen: »Eins – zwei –«

Aber so sehr konzentrierte er sich nicht auf die Zahlen, daß er nicht mitgehört hätte, wie es in dem Fahrschulwagen weiterging, dessen Motor wenige Meter von Beckmann entfernt abgewürgt wurde.

»Mann o Mann!« tönte es zu Beckmann herüber. »Ihr technisches Verständnis wird nur noch von Ihrer Intelligenz übertroffen! Sehen Sie dieses kleine Ding hier? Das ist ein Zündschlüssel! Bedauerlicherweise gibt es sowas nicht für menschliche Gehirne!«

»Fünf – sechs –«, zählte Beckmann und hörte den Motor anspringen.

»Wer hat Sie bloß für diensttauglich befunden?« hallte es zu Beckmann herüber. »Vorn! Vorn ist der Gang, den Sie suchen, Mensch!«

»Acht – neun –«, zählte Beckmann und spürte, wie es in ihm wieder zu brodeln anfing. Er holte tief Luft und beschloß einzugreifen. »Zehn!« rief er und hob den Kopf.

Der Kübelwagen war vom Parkplatz runter und fädelte sich stotternd in den Verkehr ein. Beckmann schloß die Augen und blies die Atemluft pfeifend aus. Das war gerade noch gut gegangen.

Er ging um den Wagen herum, ließ Troll hinten hineinspringen und setzte sich neben seine Frau.

»War was?« fragte sie, während sie in ihrer Handtasche kramte.

»Was soll denn gewesen sein?« fragte Beckmann unschuldig zurück. »Der Hund mußte pinkeln.«

Während sie nach Hause fuhren, erzählte seine Frau, was es während seiner Abwesenheit in der Kneipe und in der Nachbarschaft auf dem Kiez gegeben hatte. Ein guter Stammgast würde in Zukunft wohl ein weniger guter Gast sein, denn er war arbeitslos geworden; um die Ecke hatte ein Raser den Dackel von Opa Klaussen überfahren; die Italiener im dritten Stock hatten das sechste Kind in die Welt gesetzt – und die Polizisten vom 14. Revier ließen schön grüßen. Block hatte sich, als Frau Beckmann gerade aufbrechen wollte, einen Magenbitter einverleibt und mußte ihn noch bezahlen, weil sie so in Eile gewesen war.

»Du, die mögen dich alle«, sagte Frau Beckmann mit hörbarem Stolz. »Nicht nur unsere Gäste. Sogar die Polizisten vom Revier.«

Beckmann ließ sich nicht anmerken, daß es ihm schmeichelte. Ihn mochte ja sogar der Gefängnisdirektor, sonst hätte er ihn doch nicht wieder einmal vier Wochen früher laufen lassen. Abermals stieg in Beckmann der innige Wunsch auf, zukünftig mit allen Menschen in Frieden zu leben – selbst mit Feldwebeln, obgleich das gar keine richtigen Menschen waren, wenn man es genau bedachte.

Sie kamen zu Hause an, Frau Beckmann bezahlte das Taxi, sie stiegen mit dem immer noch vor Freude kläffenden Troll aus, und Frau Beckmann schloß die Tür zur Kneipe auf.

Beckmann schnupperte. Ja, das war der vertraute Geruch, das war sein Zuhause. Sein Blick ging über Tische und Tresen. Nicht etwa kontrollierend, das war bei seiner Frau nicht nötig, die schmiß den Laden wochenlang, wenn es sein mußte, und sie hielt ihn auch noch peinlich sauber dabei. Nein, es war der zärtliche Blick des Heimkehrers.

Und noch einmal stieg der feste Entschluß in Bruno Beckmann auf: Niemals wieder Sante Fu! Nie wieder Alkohol!

Er ging hinter den Tresen und nahm aus einer Schublade die kleine Blechkassette, in der sie ihre Bareinnahmen verwahrten. Bruno zählte das dünne Bündel Geldscheine und seufzte.

»Ist ja nicht viel gelaufen in der Zwischenzeit«, meinte er, als er die Kassette zurückstellte. Er setzte sich vor der Theke auf einen Hocker und fütterte Troll mit Hundekuchen. »Tja, so ist das nun mal, wenn der Chef fehlt. Hab' ich recht, Troll? Mutti allein kann die Jungs eben nicht zu ein paar ordentlichen Schnäpsen anmachen.«

Der Hund stimmte ihm schwanzwedelnd zu, aber der hätte ihm wohl bei allem und jedem zugestimmt. Frau Beckmann allerdings war anderer Meinung.

»Dann reiß dich in Zukunft am Riemen«, sagte sie leicht gekränkt, »dann brauchst du nicht zu meckern, wenn du wieder hier bist.«

So ernst hatte es Bruno gar nicht gemeint. Auch er wußte, daß die Zeiten nicht mehr so fett waren wie früher mal im Zeichen der Vollbeschäftigung. In den Kneipen der einfachen Leute machte sich die Arbeitslosigkeit bemerkbar, da mußte man dankbar sein für jeden einzelnen Gast. Bruno gab Troll das letzte Stückchen Hundekuchen, als Fietje hereinkam, wie immer mit der glänzenden, schwarzen Ledermütze, die er vielleicht nicht einmal im Bett abnahm, jedenfalls bestimmt nicht in der Kneipe.

»Hallo, Bruno«, sagte er noch in der Tür in schönstem Hamburgerisch. »Stör' ich?«

»Mich nicht«, erwiderte Beckmann. »Und Mutti macht mir jetzt erstmal was zu futtern. Davon versteht sie was.«

Er ging hinter die Theke und griff nach einer Flasche,

während Frau Beckmann sich in die Küche zurückzog.

»Hab' ich schon was gesagt?« fragte Fietje von seinem Stammplatz her. »Brauchste nich'«, meinte Bruno. »Bier und Korn, wie immer?«

»Wie immer«, bestätigte Fietje zufrieden.

Bruno griff nach den größeren Schnapsgläsern. Während er einschenkte, kündigte er an:

»'n Doppelten vom Haus. Eine Art Treueprämie, weil du als Erster wieder reinguckst.«

Er zapfte das Bier an. In der Tür zur Küche erschien Frau Beckmann und nickte Fietje zu, der mit zwei Fingern am Mützenschirm den Gruß erwiderte. Gespannt schaute sie zu Bruno, als Fietje fragte:

»Und du? Trink ich etwa allein?«

Bruno zögerte, dann holte er eine Flasche Mineralwasser und ein Limonadenglas und schenkte sich ein. Er sagte: »Prost!«

Fietje verzog angewidert das Gesicht.

»Mensch, Selter! Bist du verrückt?« fragte er.

Bruno Beckmann schaute ihn bedeutungsvoll an.

»Beschrei's nicht«, erwiderte er leise. »Es gibt Leute, die glauben das nämlich.«

Mit Schnaps, Bier und seinem Mineralwasser ging Bruno zu Fietje und setzte sich zu ihm. Die beiden Männer hatten sich genug zu erzählen über die welterschütternden Ereignisse, die sich während Brunos Abwesenheit auf dem Kiez und in der hohen Politik zugetragen hatten.

Sie achteten nicht darauf, daß Frau Beckmann zur Eingangstür huschte und ein Schild ins Türfenster stellte. Darauf stand in großen Buchstaben:

Uniformierte unerwünscht!

Frau Beckmann glaubte noch an die Wirkung von Schildern.

6

Die Haupt- und Staatsaktion fing harmlos an.

Steiner freute sich auf eine neue Packung Erdnüsse. Manchmal tat er sich selber leid. Er konnte essen, was er wollte – er wurde nie satt. In seinem Magen herrschte ununterbrochener Hungerzustand. Nur mit dem ewigen Knabbern von Erdnüssen war dieses nervende Gefühl einigermaßen zu betäuben. Deshalb wollte er sofort in den Umkleideraum, um sich eine neue Pakkung aus seinem Schrank zu holen.

Aber der junge Kollege Krüger rief nach seinem Beistand:

»Dietmar, kannst du mir helfen?«

Steiner legte das Päckchen mit dem Schellfisch auf einem Aktenschrank ab, zog die Lederjacke aus und hängte sie auf.

»Was ist denn?« fragte er.

»Wir haben einen Gast«, raunte Krüger. »Er muß seine Rechnung bezahlen, und ich möchte einen Zeugen dabei haben.«

Steiner verstand sofort. Das kam alle paar Tage vor. Bei gewissen Zeitgenossen tat man als Polizist gut daran, für einen Zeugen zu sorgen. Also folgte er Krüger zum Verwahrraum. Der hatte früher einen zutreffenderen Namen gehabt: »Ausnüchterungszelle«. Er erfüllte immer noch denselben Zweck, nur hieß er eben jetzt Verwahrraum.

Ein älterer Herr mit Glatze und Brille band sich dort gerade vor dem Spiegel seinen Schlips. Steiner sah ihm an, daß er versuchen würde, Ärger zu machen. Der war von dieser Art. Krüger hielt ihm das entsprechende Formular hin.

»Sie müssen noch unterschreiben«, sagte er.

Der ›Gast‹ tat es widerwillig und erkundigte sich:

»Was kostet das ganze Theater?«

»Sie meinen die Übernachtung?«

»Ich meine: Durften Sie mich überhaupt die Nacht hierbehalten?«

»Wir durften«, sagte Krüger. »Immerhin wohnen Sie ja ein ganzes Stück weg von Hamburg. Zu Ihrem Schutz.«

»Quatsch!« knurrte der Herr. »Die Polizei, dein Freund und Helfer! Ich scheiß drauf.«

»Ach«, sagte Steiner, »bei dem Herrn handelt es sich um einen Herrn.«

Krüger tat, als hätte er es nicht gehört. Er stellte die Abrechnung zusammen:

»Verwahrgebühr – so heißt das im Amtsdeutsch – also die Übernachtung macht 30 Mark. Dann der Streifenwagen, mit dem wir Sie hierher transportiert haben – der sah ja lecker aus. Also für die Reinigung berechnen wir 50 Mark –«

Steiner hatte sich die Zelle angesehen, aber alles gehört. Er reckte den Kopf um die Ecke und verbesserte:

»Einundfünfzig!«

»Ach ja, natürlich, 51«, sagte Krüger und trug die Zahl im Formular ein. »Und der Transport als solcher 35 Mark. Das macht zusammen –«

»Der Verwahrraum ist auch vollgekotzt«, warf Steiner ein.

»Also muß da auch gereinigt werden. Macht 16 Mark«, sagte Krüger und schrieb die nächste Zahl, bevor er gelassen verkündete:

»132 Mark.«

Ihr Gast war empört.

»Das ist ja teurer als in den ›Jahreszeiten‹!«

»Dafür war's bei uns aber doch sehr ruhig«, tröstete Krüger.

Der Herr hatte sein Jackett angezogen und fühlte sich

wieder stark wie ein Ritter in seiner Rüstung.

»Sie werden sich wundern, wie laut ich werde!« versprach er drohend. »Ich habe einen guten Bekannten in einer einflußreichen Stellung!«

Trotz seiner Jugend behielt Krüger seine Gelassenheit.

»Na, die Stellung, in der meine Kollegen Sie kurz nach Mitternacht in der Gertrudenstraße aufgefunden haben, war auch nicht ohne«, sagte er.

Der Herr explodierte.

»Eine Unverschämtheit!« rief er. »Eine unglaubliche Unverschämtheit!«

Steiner grinste breit und sagte sehr freundlich:

»Sie sagen es!«

Der Herr moserte weiter, aber er prallte an Steiner und Krüger wirkungslos ab. Drohungen mit einflußreichen Freunden kamen beinahe täglich vor. Trotzdem atmeten sie auf, als der saubere Zeitgenosse, noch immer knurrend, das Revier verlassen hatte.

Nun wollte Steiner endlich seine Erdnüsse holen, aber da kamen Richard Block und Ellen Wegener herein.

»Schön, daß ihr endlich da seid!« rief er ihnen zu. »Inzwischen fängt der frischeste Fisch hier an zu stinken.« Er hielt das Päckchen mit dem Schellfisch von Herrn Haldersson hoch.

In dienstlichem Ton wandte sich Block an Neidhardt Köhler, indem er auf das Päckchen zeigte:

»Sie müssen ein paar Portionen stinkenden Fisch ins Labor bringen, Herr Kollege.«

»Sie haben den Charme einer Glasscherbe und den Humor eines Beerdigungsunternehmers«, sagte Köhler und versuchte, mit Ellen Wegener zu flirten.

»Der Fisch!« mahnte Steiner und wedelte mit dem Päckchen.

Köhler gab sich geschlagen: »Ich melde mich ab«,

sagte er, nahm das Fischpäckchen, setzte seinen Helm auf und verließ das Revier.

Ellen Wegener hatte dem männlich-sarkastischen Wortwechsel nur mit geringem Interesse zugehört. Das Problem einer möglichen Fischvergiftung ließ sie nicht los. Wer konnte denn auch nur ahnen, wie viele Menschen bereits gefährdet waren und nicht einmal etwas davon wußten?

»Ich finde das alles nicht witzig«, sagte sie zu Block. »Was machen wir, wenn das Veterenärinstitut feststellt, daß die Fischladung tatsächlich verdorben war?«

»Für mich«, ließ Steiner vernehmen, »ist das Problem schon gelöst: Ich knabbere weiter Erdnüsse.«

Dieser Egoistenstandpunkt »Nach-mir- die-Sintflut« brachte Ellen Wegener auf die Palme.

»Verdammt noch mal!« rief sie: »So eine Fischvergiftung kann doch für einen ganzen Stadtteil, vielleicht sogar für die ganze Stadt zu einer Riesengefahr werden!«

Sie spürte, daß jetzt alle auf sie schauten. Und sie sah, daß die Mienen der Herren nachdenklicher wurden, als wenn sie erst durch Ellens Hinweis auf die Größe der möglichen Gefahr aufmerksam geworden wären.

»Wir müssen etwas tun!« forderte Ellen.

Natürlich hatte Block da wieder einmal seine eigenen Ansichten.

»Tun Sie, was immer Sie tun müssen, Frau Kollegin«, sagte er leichthin. »Im Augenblick haben wir noch andere Probleme. Und nicht nur den verdorbenen Magen irgendeiner Nachbarin.«

Ellen schüttelte den Kopf.

»Da bin ich durchaus nicht Ihrer Meinung«, sagte sie hartnäckig. »Das kann doch Stunden dauern, bis das Laborergebnis vorliegt! Manchmal treten aber die ersten Symptome schon sehr früh auf. Nämlich bei Leuten mit einer schwachen Konstitution! Wenn das bei unserer Patientin der Fall ist, dann verlieren wir wahnsinnig viel Zeit, bis die Alarmmeldungen überall raus sind!«

»Da muß ich der Kollegin Wegener recht geben«, stimmte Steiner zu – natürlich mampfend. Er schluckte und fuhr fort: »Ich habe sowieso schon die ganze Zeit das Gefühl, daß wir es hier mit der Abwendung unmittelbarer Gefahren an Rechtsgütern, nämlich der Gefahr für Menschenleben, zu tun haben.«

Block verzog das Gesicht.

»Hallo, wach!« sagte er in seiner sarkastischen Art. »Schaut mal unseren Dicken an! Er will Ihnen zeigen, Frau Kollegin, daß auch bei ihm noch Rudimente von einer Polizeischulausbildung hängengeblieben sind.«

Bogner mischte sich ein:

»Hört doch auf mit diesem Kinderkram! – Die Sache kann tatsächlich ernster sein, als wir es im Augenblick von hier aus übersehen können.«

Genau das war das Problem. Drei, vier gewöhnliche Polizisten standen vor der Frage, einen Riesenapparat vielleicht grundlos in Bewegung zu setzen – oder aber eine nicht vorauszusehende Zahl von Menschenleben ernsthaft zu gefährden, wenn sie es unterließen. Polizeialltag, schnelle Entscheidung gefragt, stets mit dem Risiko verknüpft, gerade das Falsche entschieden zu haben.

Ellen Wegener gab den Ausschlag:

»Sollten wir nicht den Lage-Oberbeamten die Sache zu einer möglichen Gefahrenstufe erklären lassen?« fragte sie.

Steiner erkannte sofort die Chance, die Verantwortung von ihnen weg auf eine andere Ebene zu schieben.

»Auf jeden Fall oben nachfassen!« riet er.

»Sonst sitzen wir ganz schön in der Scheiße«, erkannte jetzt auch Bogner. Er griff zum Telefon. Die Haupt- und Staatsaktion lief an.

7

Auch bei Bruno Beckmann lief etwas an, allerdings etwas, was sehr nach Verhängnis aussah, denn es trug die Uniformen von zwei Feldwebeln der Bundeswehr.

Bruno saß bei seiner Frau in der Küche, seit Fietje gegangen war. Sie hatten die Tür zur Kneipe offenstehen lassen, und als die Eingangstür zu hören war, sagte Bruno:

»Kundschaft, Mutti, sieh doch mal nach.«

Frau Beckmann ging hinaus und erschrak. Schnell drückte sie die Küchentür hinter sich zu.

Vorn am Eingang standen zwei Feldwebel der Bundeswehr, ein älterer, stämmiger und ein jüngerer, schmächtiger. Frau Beckmann war im Gefängnis eindringlich darüber belehrt worden, was ihrem Mann drohte, wenn er sich noch ein einziges Mal mit Soldaten anlegen würde. Weil sie aus langer Erfahrung wußte, daß es fast unmöglich war, Bruno zurückzuhalten, wollte sie es umgekehrt versuchen und die Kneipe von Uniformierten freihalten. Also ging sie den beiden Soldaten entgegen und sagte:

»Tag, die Herren. Nichts für ungut, aber ich glaube, Sie sind hier falsch.«

»Nee, nee«, sagte der Ältere.

»Wir sind goldrichtig«, meinte der Jüngere.

Frau Beckmann schaute ängstlich zurück zur Küchentür. Noch war sie geschlossen.

»Sie haben doch gelesen . . .«

Der Ältere nickte.

»Deshalb sind wir hier.«

»Wir möchten wissen, was das soll?« fragte der Jüngere.

»Ist das 'n Witz?«

»Oder 'ne Wette?«

Frau Beckmann mußte jeden Augenblick mit Brunos Erscheinen rechnen, also blieb ihr keine Zeit für langatmige Erklärungen.

»Bitte, gehen Sie«, sagte sie inständig. »Meinetwegen ist es 'n Witz – aber gehen Sie.«

Die Herren der Bundeswehr sahen sich fragend an, schon halb bereit, der so dringend vorgetragenen Bitte nachzukommen, da ging die Küchentür auf, und Bruno Beckmann erschien auf der Bildfläche. Er sah Uniformen und sein Gesicht ging in die Breite.

»Ah, Bundeswehr!« rief er erfreut. »Bitte, die Herren, nehmen Sie doch Platz!«

Die Herren verstanden jetzt gar nichts mehr. Sie schauten fragend zu Frau Beckmann, aber die hatte sich hinter den Rücken ihres Mannes zurückgezogen und gab von dort aus verstohlene Zeichen, die natürlich keiner der beiden Feldwebel verstehen konnte.

»Ich verstehe nur noch Bahnhof«, sagte der Ältere.

»Ich denke, Uniformträger sind hier unerwünscht?« fragte der Jüngere.

»Aber wieso denn?« fragte Bruno zurück und wies einladend auf den nächsten Tisch. »Kümmere dich ums Essen«, sagte er zu seiner Frau. »Ich komm' hier schon klar.«

Frau Beckmann war unschlüssig, was sie tun sollte. Aber aus der Küche ertönte das Brutzeln des Bratfetts, und da siegten die Hausfrauenpflichten: Sie ging in die Küche.

»Bier und Korn?« fragte Bruno in scheinheiliger Freundlichkeit.

»Wenn's sein muß«, meinte einer der Feldwebel, während sie sich setzten.

Bruno schenkte ein und zapfte. Seine Frau stand am Küchenherd und teilte ihre Aufmerksamkeit zwischen Bratpfanne und dem Lauschen nach draußen. Aber dort war alles angenehm ruhig.

Bruno brachte den Herren die Getränke und streifte die unansehnliche Dienstkleidung der Soldaten mit einem mißbilligenden Blick. Sowas nannten die heute Uniform! Das hätte seinerzeit nicht einmal der letzte Schütze Arsch angezogen, geschweige denn ein Feldwebel. Bruno sah zu, wie die beiden ihren Schnaps kippten, und bei dieser Gelegenheit fiel ihm sein leeres Seltersglas auf. Er rang mit seinem inneren Schweinehund, aber genau der sagte ihm, daß es überhaupt nichts schadete, wenn ein richtiger Mann mal einen zur Brust nahm. Und beinahe automatisch drängte sich die Schnapsflasche in seine Hand, und schon war das Wasserglas halb voll.

Immerhin hatte er ja auch eine Art Nachholbedürfnis – und so war das Glas in einem Zuge leer. Bruno schüttelte sich ein bißchen, aber er spürte genießerisch das angenehme Brennen auf der Zunge und die sich ausbreitende Wärme im Magen. Wie sich der Alkohol langsam in sein Hirn schlich, spürte er nicht.

Er schenkte zwei neue Schnäpse ein und brachte sie zum Tisch.

»Geht auf Rechnung des Hauses«, sagte er großzügig. »Für unsere tapferen Vaterlandsverteidiger soll uns doch nichts zu teuer sein!«

Er schaute verstohlen zur offenstehenden Durchgangstür. Aus der Küche ertönte das Klappern von Tellern. Schnell füllte Bruno sein Wasserglas nach und nahm einen gehörigen Zug.

»Also Feldwebel sind Sie«, stellte er fest und nickte ein paarmal. »Und das soll's heute alles nicht mehr geben?« wollte er wissen: »An den Horizont – marsch, marsch! Auf – nieder! Auf – nieder! Schnauze in den Dreck! Tritt in den Arsch!?«

Der ältere Feldwebel verzog das Gesicht, der jüngere lachte.

»Sonst nochwas?« fragte er belustigt. »Mensch, das

war vielleicht zur Zeit der Bauernkriege! Heute wär' da doch gleich eine Dienstaufsichtsbeschwerde fällig!«

»Eine was?« fragte Beckmann und kippte den Rest Schnaps aus seinem Glas in seine Kehle. Vergessen waren alle guten Vorsätze, wieder einmal gingen seine private unbewältigte Vergangenheit und der Alkohol ihr verhängnisvolle Bündnis ein.

»Oder der Wehrbeauftragte würde eingeschaltet«, fügte der jüngere Feldwebel hinzu.

»Der Wehr – – was?« fragte Beckmann.

»Der Wehrbeauftragte«, erklärte der Ältere. »Bei dem kann man sich beschweren. Noch nie was vom Bürger in Uniform gehört?«

»Bürger in Uniform?« wiederholte Beckmann verächtlich. »Was soll'n das sein? Ist doch Blödsinn! Und alles für meine Steuern! Nee, wenn schon Soldat, dann richtig!« Beckmanns Augen begannen zu strahlen. »Könnt ihr überhaupt noch den Präsentiergriff?« rief er hingerissen. Seine Hände flogen zur Schnapsflasche, die für ein paar Sekunden zum Karabiner 98 wurde. Er befahl sich selbst: »Präsentiert – – das G'weeehr! – Und zack!« rief er, während er mit der Flasche die eingedrillten Griffe kloppte.

Der ältere Feldwebel verdrehte die Augen, der jüngere seufzte:

»Mensch, hör bloß auf! Mir wird ganz übel.«

»So, euch wird übel«, wiederholte Beckmann. »Ich denke, ihr seid so harte Jungs? Was?« Beckmann sah in der Schnapsflasche wieder die Schnapsflasche und schenkte sich einen ein. »Kaspers seid ihr!« rief er. »Kapers! Und diese Uniform! Unser Kaiser-Willem-Gedächtnisrock damals – hier, mit Silberlitzen – und dann der Parademarsch! – –«

Beckmann imitierte Trommeln, Trompeten und Querpfeifen, begleitet von rhythmischen Zuckungen, die Stechschritt und krachende Nagelstiefel auf Straßenpflaster darstellen sollten. Hingerissen rief er:

»Mutti, du, komm doch mal her! Die beiden Herren da wollen mich verarschen! Bürger in Uniform! Eine Verarsche! Wenn ich das schon höre! Da seh' ich doch rot! Entweder ist man ein Bürger, oder man trägt eine Uniform!«

»Jetzt hör mal auf mit dem Scheiß!« sagte der jüngere Feldwebel, stand auf und trat an die Theke.

»Also anmachen lassen wir uns nicht!« meinte der Ältere.

Es war längst zu spät. Der Alkohol hatte Beckmanns letzte Hemmungen fortgespült.

»In meiner Kneipe kann ich anmachen, wen ich will!« rief er.

»Paß mal auf, Opa!« sagte der Jüngere und packte Beckmanns Pullover vor der Brust, um ihn zu sich heranzuziehen. »Wir lassen uns nicht beleidigen«, warnte er. »Ist das klar?«

Der Ältere sprang hinzu und versuchte, seinen Kameraden zurückzuziehen.

»Mensch, laß los. Mach keinen Putz!«

Bruno wollte ausholen. Seine Frau war aus der Küche gekommen und rief ängstlich:

»Bruno! Mach dich nicht unglücklich!«

Aber Bruno Beckmann war nicht mehr zu halten.

»Mischen Sie sich nicht ein!« fuhr er den älteren Feldwebel an. »Ich kann mich selbst verteidigen!« Und damit führte er einen ungeschickten Schlag auf den jüngeren.

Der brauchte ihm nur einen leichten Stoß zu versetzen, und schon verlor Bruno das Gleichgewicht und stürzte. Frau Beckmann schrie auf und eilte zu ihm. Der ältere zog seinen Kameraden auf die Tür zu und brummte:

»Das war's dann wohl.«

»Mensch, das ist doch ein Verrückter!«

»Das müssen wir melden!« sagte der Ältere. »Bei der Polizei, Mensch. Bevor der sie uns auf den Hals hetzt . . .«

Intermezzo

NDR 2 unterbrach sein Musikprogamm.

Der LOB (der Lage-Oberbeamte) hatte den Rundfunk angerufen, war mit dem Regisseur der laufenden Sendung verbunden worden und hatte das Problem dargestellt.

Der Regisseur betrat die Sprecherkabine, Carlo von Tiedemann zog die Kopfhörer ab und lauschte, setzte sie wieder auf und wandte den Kopf zum Mikrofon, während in der Regie die laufende Musik heruntergefahren wurde:

»Liebe Hörerinnen und Hörer, ich weiß, einige von Ihnen mögen gerade diese Scheibe besonders, aber Sie werden Verständnis für eine wichtige Durchsage der Polizei aufbringen. Vor allem wenn Sie Fischesser sind, sollten Sie jetzt genau zuhören: Seit gestern abend befindet sich in Hamburg Schellfisch im Verkauf, vor dessen Verzehr die Bevölkerung bis zur endgültigen Aufklärung dringend gewarnt wird. Bitte rufen Sie das nächste Polizeirevier an, wenn in Ihrer Familie nach dem Genuß von Schellfisch irgendwelche Beschwerden auftreten . . .«

8

Kaum war die Durchsage über den Äther, da begannen die Telefone in den Polizeirevieren zu klingeln. Schon nach kurzer Zeit sammelten sich die Meldungen wie in einem Katastrophenfall. Und noch immer war die entscheidende Frage überhaupt nicht geklärt: Hatte die Frau im Krankenhaus wirklich eine Fischvergiftung? Oder waren ihre Schmerzen auf andere Ursachen zurückzuführen?

Immerhin hatte sich die Auffassung von Ellen Wegener bis hinauf zum LOB durchgesetzt, daß man der Ausbreitung einer möglichen Vergiftungswelle vorbeugen müsse, auch solange man noch gar nicht genau wußte, was die eigentliche Ursache war. Gefahrenabwehr gehörte schließlich zu den wichtigsten Aufgaben der Polizei.

Aber die drohte in den Meldungen zu ersticken. Oberwachtmeister Krüger verdrehte die Augen und sagte ergeben in den Hörer:

»Ja. Ja, ich habe verstanden. Danke.«

Er drückte die Gabel nieder und behielt den Hörer in weiser Vorsaussicht in der Hand. Seine Ahnung trog nicht. Es klingelte. Krüger holte tief Luft, da nahm Oberwachtmeister Günther dem erschöpften Kollegen den Hörer aus der Hand. Krüger nickte dankbar, nahm seine Notizen und trat an Bogners Schreibtisch.

»Vierzehn Anrufe«, berichtete er. »Bei Günther läuft jetzt garantiert der fünfzehnte in Sachen verdorbener Schellfisch. Ich lese es euch mal vor: Magendrücken. Rülpsen. Schwere Beine. Kopfschmerzen. Und so weiter und so weiter.«

Richard Block grinste.

»Jetzt fehlt nur noch, daß einer behauptet, er sei nach dem Schellfisch impotent geworden.«

Zufällig streifte sein Blick dabei den Kollegen Steiner. Der Dicke fühlte sich angesprochen und protestierte: »Was guckst du mich dabei an? Du fummelst doch dauernd an deiner Hose!«

»Ich fummle nicht an meiner Hose«, widersprach Block energisch: »Ich kontrolliere meine Zeit. Und meinen Magen. Wann waren wir zum Essen?«

»Was soll das?« fragte Steiner. »Vor dreieinhalb Stunden.«

»Etwas genauer, bitte«, bat Bloch.

Steiner schaute auf seine Uhr und rechnete. Schließlich sagte er:

»Drei Stunden und 35 Minuten. Und?«

Block drehte sich um, suchte Ellen Wegener und sagte zu ihr: »Dann, Frau Kollegin, können Sie Ihren Alarm abblasen.«

Die anderen waren aufmerksam geworden. Im Revier kehrte beinahe so etwas wie Ruhe ein.

»Ich habe nochmal im Krankenhaus angerufen«, erklärte Block. »Laut ärztlicher Auskunft beträgte die Inkubationszeit nach dem Verzehr von schlechtem Fisch mindestens eine Stunde, höchstens drei Stunden .«

»Ja, wieso . . .?« fragte Ellen Wegener, und dann kam ihr ein Verdacht: »Haben Sie etwa auch . . .?«

»Ich habe, Frau Kollegin, ich habe«, erwiderte Block. »Frischen Schellfisch von Herrn Haldersson direkt auf den Tisch im Restaurant ›Fischkutter‹. Vor genau drei Stunden und 35 – nein, halt –« Block sah auf seine Uhr: »36 Minuten. Und –«

»Hä lewet noch«, fiel ihm Steiner ins Wort.

»Zu deutsch: Ich lebe noch.«

Ellen Wegener ließ den Kopf hängen. Sie empfand es wie eine persönliche Niederlage.

»Wie schön für Sie«, sagte sie tonlos.

Block tröstete:

»Das geht ja nicht gegen Sie, Frau Kollegin. Sie haben ganz zu Recht die geeigneten Maßnahmen ergriffen. Tja – ein Fall wie aus dem Lehrbuch. Überschrift: Die Ermessensfrage.«

Und dafür hatte sie den LOB alarmieren lassen, gleich an ihrem ersten Tag, und von dort hatte man sogar den Rundfunk eingeschaltet! Ellen Wegener fühlte sich blamiert und wagte kaum, den Kopf zu heben. Aber so wichtig schienen es die Kollegen keineswegs zu nehmen. Schon lief wieder alles seinen täglichen Gang. Auch daran mußte sie sich wohl erst noch gewöhnen, daß falscher Alarm zum Polizeialltag gehörte genau wie ein echter.

Auf Krügers Schreibtisch bimmelte schon wieder das Telefon. Aber diesmal schien es sich nicht um Schellfisch zu handeln, denn Krüger rief:

»Richard, für dich!«

Block übernahm den Hörer:

»Block. Ja, bitte? – – Ach, du liebes Lieschen, auch das noch! Frau Beckmann, bei uns ist der Teufel los. Wenn ich jetzt einen Streifenwagen zu Ihnen schicke, werden Sie an den Kollegen nicht viel Freude haben. – – Ich komme selber. Ja.«

Er legte den Hörer ab und schüttelte den Kopf.

»Dieser verdammte Idiot!« schimpfte er.

»Von wem sprechen Sie?« fragte Ellen Wegener.

Mit dem Daumen zeigte Block aufs Telefon.

»Das war die Frau von unserem alten Bekannten, den sie heute vorzeitig entlassen haben«, erklärte er. »Und kaum ist der Kerl ein paar Stunden draußen – da steht er schon wieder mit einem Fuß im Knast, der Idiot!«

Er dämpfte seine Stimme und fuhr in ungewohnter Vertraulichkeit zu Ellen Wegener gewandt fort:

»Ich gehe mal rüber und versuche, das inoffiziell zu regeln. Klar?«

Ellen Wegener strahlte ihn an. So hatte sie sich das

mit der Polizei gewünscht: Helfen, in erster Linie helfen.

»Klar, Herr Kollege.«

»Oder so . . .« brummte Block, damit er wenigstens das letzte Wort behielt.

9

Bruno Beckmann hatte sich eine winzige Beule am Hinterkopf geholt bei seinem Sturz. Er ließ kaltes Wasser darüber laufen, trocknete das Haar vorsichtig, stöhnte aber doch:

»Au, mein Kopf!«

»Stell dich nicht so an!« tadelte seine Frau. »Ist ja nicht das erste Mal. Und außerdem ist alles deine Schuld.«

Sie folgte ihm aus der Küche hinaus in die Kneipe und fügte hinzu:

»Das sagt Richard Block auch.«

Bruno blieb stehen und drehte sich um. Entgeistert starrte er auf seine Frau.

»Wieso Block?« fragte er.

Und dann stieg eine Ahnung in ihm auf. Hatte er nicht ihre Stimme gehört, als er am Wasserhahn in der der Küche gestanden hatte? »Nun sag bloß, du hast ihn angerufen?«

»Hab' ich«, bestätigte Frau Beckmann. »Er kommt gleich vorbei.«

Bruno Beckmann stand einen Augenblick nachdenklich da, dann machte er ein paar energische Schritte zur Kneipentür und schloß von innen ab.

»Block bleibt draußen!« stellte er dabei entschieden fest. »Block, die Bullen, jeder, der mich holen will. Die kriegen mich nicht wieder in den Knast, das schwöre ich dir.«

Und jetzt endlich dachte er an die ihm angedrohte Psychi –, Psychi – na, eben an die Klapsmühle ...

Dieser verdammte Hundesohn! dachte Richard Block, während er allein in den Streifenwagen stieg. Wird der denn nie gescheit? Erst ein paar Stunden auf freiem Fuß – und schon geht's wieder los!

Block startete und fuhr an. Es gab Leute, deren Unbelehrbarkeit schlicht ans Unbegreifliche grenzte. Er hatte einen gekannt, der konnte ohne Einbrechen nicht leben. Sonst ein ganz verträglicher und umgänglicher Mensch, und er hätte es nicht einmal nötig gehabt. Seine Freundin betrieb für ihn eine wirklich gutgehende Kneipe, von der sie beide hätten leben können. Aber nein, Bruch mußte sein, ohne Bruch hielt es Atze nicht aus. Beim letzten Aufenthalt im Knast hatte er einen heißen Tip bekommen: ein Juweliergeschäft in Amsterdam, keine Alarmanlage, todsichere Sache.

Atze war drei Tage in Freiheit: am ersten wurde gefeiert, am zweiten fuhr er nach Amsterdam und am dritten meldete die niederländische Reichspolizei seine Festnahme. Der Juwelier hatte sich eine Alarmanlage angeschafft ...

Block schüttelte den Kopf. Manche Leute blieben ewig kleine Kinder, die sich von ihrem Teddy nicht verabschieden wollten. Atze nicht von seinen Einbrüchen und Bruno Beckmann nicht von seinen Feldwebeln. Dabei mußten sie ihm doch klargemacht haben, was für ihn als ständigen Wiederholungstäter auf dem Spiel stand!

Das Funkgerät quarrte, aus dem Lautsprecher drang die leidenschaftslose Stimme eines Kollegen aus der Funkleitstelle:

»Alarm beendet. Es handelte sich nicht um eine Fischvergiftung. Die betroffene Frau leidet an chronischen Nierenkoliken.«

Block nahm den Hörer und sagte:

»Vierzehn/zwei hat verstanden, Ende.«

Und unsere Neue hat einen Wirbel gemacht! schoß es ihm durch den Kopf. Na ja, dachte er nachsichtig weiter: am ersten Tag. Wir waren ja alle mal Anfänger und übereifrig.

Das legt sich, und es ist gut so, daß es sich legt. Ohne eine gewisse Abgeklärtheit würde sich jeder Polizist selbst ins Irrenhaus bringen – und die Polizei würde für den Bürger völlich unerträglich. Ist schon gut so, wie es mit der menschlichen Natur nun mal ist.

Block ließ den Streifenwagen vor der Kneipe ausrollen und stieg aus. Schon von weitem sah er das Schild, das Uniformierte fernhalten sollte. Er schüttelte den Kopf und drückte auf die Türklinke.

Die Tür bewegte sich nicht.

Block runzelte die Stirn.

Seit wann klemmte denn bei den Beckmanns die Tür? Das war ihm doch noch nie aufgefallen. Block zog stärker.

Die Tür bewegte sich nicht.

Er klopfte gegen die Scheibe und rief:

»Mach auf, Bruno! Was soll'n der Blödsinn?«

Noch war Block ganz friedlich.

Durch die geschlossene Tür hörten sie die Stimme ihres alten Freundes Richard Block. Frau Beckmann ließ den Kopf hängen.

»Drei Stunden warst du diesmal zu Hause«, sagte sie weinerlich. »Und schon wieder mußt du weg.«

Bruno schlurfte zur Tür. Durch das geriffelte Glas war Block draußen nur verschwommen zu erkennen. Aber in der Türscheibe lehnte ein weißes Schild. Bruno zog es zwischen Gitter und Scheibe heraus und betrachtete es mit gerunzelter Stirn.

»Uniformierte unerwünscht«, las er halblaut vor, schaute auf seine Frau und fragte: »Bin ich im Irrenhaus?«

»Noch nicht«, erwiderte seine Frau. »Aber bald! Und bevor du jetzt mit mir anfängst, mach doch die Tür auf! Der Richard hilft dir! Mach auf, Bruno!«

Wie zur Verstärkung ertönte draußen Blocks kräftige Stimme:

»Nun mach schon endlich auf, Bruno! Ich hab' noch was anderes zu tun!«

Bruno dachte an die Ermahnungen von Dr. Leiter. Niedergeschlagen ließ er sich auf einen Hocker vor seinem Tresen sinken.

»Sind doch alles die gleichen Kacker«, murmelte er.. »Machen auf dicke Freundschaft, solange sie dein Bier trinken. Aber jetzt, jetzt will er mich wieder abholen. Aber diesmal will *ich* nicht. Die Tür bleibt zu.«

»Mensch, Bruno, du machst doch alles nur noch viel schlimmer!« mahnte seine Frau.

Bruno ging um den Tresen herum und schenkte sich einen Schnaps ein. Uneingestandene Verzweiflung und unbewältigte Vergangenheit mischten sich zu einer Art Bunkermentalität. Trotz wallte in ihm auf. Entschlossen rief er:

»Wir igeln uns ein!«

Block ballte die Faust und schlug gegen den Türrahmen.

»Bruno!« rief er. »Mach die Tür auf!«

Aus den Augenwinkeln sah er, daß auf der gegenüberliegenden Straßenseite die ersten Passanten stehenblieben. Und durch das geriffelte Türglas sah er, daß Frau Beckmann drinnen etwas gegen die Tür stemmte.

Jetzt sind die endgültig verrückt geworden, dachte er und holte erneut aus . . .

10

Vor dem Publikumsschalter im Revier 14 standen zwei Feldwebel der Bundeswehr, ein jüngerer, schmächtiger und ein stämmiger, älterer.

»Können wir von Ihnen aus die Feldjäger anrufen?« fragte der Ältere.

»Kommen Sie rein«, sagte Oberwachtmeister Krüger.

Die beiden betraten den Wachraum.

»Ich fürchte, ich habe da Scheiße gebaut«, gab der jüngere zu. »In einer Kneipe, hier ganz in der Nähe. Gehört einem Bruno Beckmann. Steht jedenfalls draußen dran.«

Neidhardt Köhler und Ellen Wegener traten interessiert näher. »Der Wirt muß einen Tick haben«, sagte der ältere Feldwebel.

»Der dreht durch, wenn er eine Bundeswehruniform sieht«, ergänzte der jüngere. »Der hat uns angemacht, als ob –«

Er brach ab, weil ihm kein passender Vergleich einfiel.

»Sie meinen Bruno Beckmann aus der Kneipe ›Bei Tante Anni‹?« vergewisserte sich Ellen Wegener.

»Ja!« rief der jüngere Feldwebel. »Der Wirt hat doch eine Macke!«

»Meine Herren, kommen Sie bitte mal mit«, bat Ellen Wegener und führte die Soldaten in eins der benachbarten Dienstzimmer.

Bogner sah ihnen mit gerunzelter Stirn nach, dann wandte er sich an Neidhardt Köhler.

»Was meinst du?«

Köhler zuckte mit den Achseln.

»So oft, wie der schon Ärger mit der Bundeswehr hatte, wird er nicht mehr durchkommen. Und das müßte er eigentlich selber wissen.«

Bogner nickte.

»Eben. Ich hab' kein gutes Gefühl. Fahr du mal rüber zu der Kneipe. Ich möchte nicht, daß Block da allein steht.«

Köhler griff nach seinem Helm.

»Da haben wir den Salat! Ich hab's gewußt!« orakelte er düster. »Das wird ein schwarzer Freitag.«

Er stiefelte hinaus. Bogner wurde ans Telefon gerufen, erledigte eine Routine-Anfrage über den Urlaubs- und Krankenstand im Revier und sah auf, als Ellen Wegener an seinen Schreibtisch trat. Hinter ihr standen die beiden Feldwebel.

Das Lächeln der jungen Kollegin war so rätselhaft wie das berühmte der Mona Lisa.

»Ich hab' da eine Idee, wie man Herrn Beckmann helfen könnte«, sagte sie. »Ist allerdings auch eine Ermessensfrage . . .«

»Dann wollen wir mal ermessen«, sagte Bogner. »Was ermessen wir denn?«

Ellen Wegener trug ihre Idee vor.

Allmählich kam Block sich verscheißert vor. Es waren immer mehr Gaffer geworden, und einige Gesichter zeigten deutlich Schadenfreude.

Wenn er sich das gefallen ließ, konnte er auf dem Kiez einpacken. Sowas sprach sich doch rum. Jeder kleine Ganove würde in Zukunft glauben, er könnte Block und damit jedem Polizisten auf der Nase herumtanzen. Dieser Idiot von Beckmann hatte das Ganze zu einer Grundsatzfrage hochgeschaukelt.

Block holte wieder aus. Aber bevor er erneut gegen die Tür schlagen konnte, knatterte Köhler auf seinem Motorrad heran.

»Nanu?« wunderte sich der Kollege. »Keiner zu Hause?«

»Und ob der zu Hause ist!« knurrte Block und schlug dröhnend gegen die Tür: »Mach auf, Bruno!«

Hinter der Tür blieb alles still.

»Herr Beckmann! Das ist jetzt kein Spaß mehr!« warnte Block. Ich muß Zwangsmittel anwenden! Das heißt, ich muß die Tür eintreten!«

Natürlich wäre ihr schöner Plan ohne die Zustimmung der beiden Feldwebel nicht möglich gewesen. Aber bei der Polizei war so vieles mit Paragraphen und Bestimmungen geregelt, daß nicht einzusehen war, warum man nicht auch einmal Phantasie walten lassen sollte.

Ellen Wegener hörte vorn Blocks laute Stimme, als sie vom Hof her den Hintereingang suchte. Zum Glück war er nicht verschlossen. Sie kam in die Küche und schaute sich um.

Eine Tür nach vorn zur Kneipe stand offen. Und von da hörte sie Bruno Beckmanns Stimme:

»Hol den Tisch aus der Küche! Wir verrammeln die Bude! Die kriegen mich nicht. Lebend kriegen die mich nicht.«

»Mensch, Bruno«, sagte eine Frauenstimme. »Sag doch sowas nicht! Du versündigst dich ja.«

Eine Flüssigkeit gluckerte, ein Glas klirrte, und Blocks Faustschläge gegen die Tür wurden laut.

»Wenn wir jetzt Gewalt anwenden müssen, Herr Beckmann, dann ist das Widerstand gegen die Staatsgewalt! Dann können Sie sich jetzt schon überlegen, wo

Sie Weihnachten im Knast Ihren Tannenbaum hinstellen!«

»Vorausgesetzt, Sie kriegen einen!« fügte eine andere Männerstimme, die von Neidhardt Köhler, hinzu.

»Wenn ihr mich haben wollt, dann holt mich doch«, sagte Bruno Beckmann.

Für Ellens Gefühl klang das schon halb resigniert. Sie wollte die Küche durchqueren, aber da kam eine verhärmte Frau herein und packte das Ende eines viereckigen Tisches.

Ellen griff sofort zu:

»Warten Sie, ich helfe Ihnen.«

»Danke«, sagte die Frau und kam vor Kummer nicht dazu, sich über Ellen zu wundern.

Sie trugen den Tisch hinaus in die Kneipe und setzten ihn vor der Tür ab.

»Kann ich sonst noch was helfen?« fragte Ellen.

»Mir kann keiner helfen«, brummte Bruno Beckmann, der an einem Tisch saß und düster vor sich hinstarrte. Doch plötzlich schaute er auf und rief: »Moment mal! Wer sind Sie denn?«

»Polizeioberwachtmeister Wegener«, sagte Ellen. »Wollen Sie meinen Dienstausweis sehen?«

Bruno schüttelte den Kopf.

»Nee, ich seh' ja die Uniform. Wie sind Sie überhaupt reingekommen?«

Ellen zeigte zur Küche hin.

»Durch die Hintertür. Und jetzt sollten Sie durch die Vordertür meine Kollegen hereinlassen.«

»Bruno, tu, was sie sagt!« bat seine Frau inständig.

Bruno stand auf und machte einen Schritt auf die Tür zu, blieb dann aber doch stehen und drehte sich zu Ellen Wegener um.

»Sie –«

»Ich habe mich informiert«, fiel ihm Ellen ins Wort, »Daß die beiden Soldaten nicht von Ihnen angegriffen worden sind. Ich ermittle hier in einem Fall von Zechbetrug.«

Bruno trat vor Überraschung einen Schritt zurück.

»Zechbetrug? Aber ich hab' denen eins auf die Fresse gehauen!«

»Hast nich', Bruno!« rief seine Frau lebhaft. »Aber wieso denn Zechbetrug? Du hast die Herren doch eingeladen. Ich hab's doch gehört: Geht auf Kosten des Hauses!« Sie wandte sich direkt an Ellen: »Hat er gesagt!«

»Red nicht so viel! Schließ lieber das nächste Mal hinten ab!«

Frau Beckmann wandte sich in Richtung Küche.

»Bein nächsten Mal, habe ich gesagt!« rief Bruno ihr nach.

Unterdessen hatte Ellen Wegener die kümmerliche Barrikade vor der Eingangstür beiseite geräumt und den Schlüssel im Türschloß umgedreht, so daß Block und Köhler hereinkommen konnten.

»Was ist denn hier los?« rief Block wütend.

Ellen dämpfte mit freundlicher Stimme:

»Was Sie hier wollen, weiß ich nicht, Herr Kollege. Ich ermittle in einem Fall von Zechbetrug. Wollen Sie die beiden Soldaten anzeigen, Herr Beckmann?«

Bevor der Gefragte zu einer Antwort kam, rief Frau Beckmann bestimmt:

»Aber nein! Er hat sie doch eingeladen!«

Endlich begriff Beckmann, daß das Schicksal selbst ihm eine goldne Brücke baute.

»Du hast ja recht, Mutti«, sagte er nachgiebig, »du hast ja recht.«

Zufrieden lächelte Ellen Wegener.

»Na, dann ist der Fall ja aus der Welt. Gehen wir, meine Herren.«

In Siegerstimmung verließ Ellen Wegener die Kneipe, gefolgt von den Herren des 14. Reviers.

»Ganz schön frech, was Sie da gemacht haben«, meinte Block. »Ich meine: für den ersten Tag!«

Ellen Wegener glaubte, eine versteckte Anerkennung herauszuhören. Froh erwiderte sie:

»Es war eine reine Ermessensfrage, Herr Kollege.«

Neidhardt Köhler mit seinen langen Beinen hatte sie überholt und zeigte auf sein glänzendes Motorrad.

»Hätten Sie Lust, mit einem angehenden Polizeipräsidenten essen zu gehen, schöne Kollegin?« fragte er und zeigte einladend auf die Maschine: »Madame, es ist angerichtet.«

Einen Augenblick tat Ellen, als ob sie zögerte. Aber dann zog sie den Reißverschluß an ihrer Lederjacke hoch.

»Vier Räder sind bei mir angesagt«, erwiderte sie.

Block drehte sich um und grinste:

»Aber auch das ist eine Ermessensfrage, Herr Kollege.«

Ellen Wegener stieg in den Streifenwagen. Doch, dachte sie, wenn's so weitergeht, habe ich den richtigen Beruf gewählt. Und schon ganz routiniert nahm sie den Hörer und sagte:

»Vierzehn/zwei für Michel: Wir sind wieder einsatzbereit . . .«

ENDE

Der Champ

1

Es war, als ob in seiner Nierengegend etwas explodierte. Für ein paar Herzschläge war es schwarz vor seinen Augen, er fühlte undeutlich ein dumpfes Aufschlagen – und als er wieder halbwegs klar sehen konnte, da lag er mitten im Ring und starrte hinauf in ihre grinsenden Visagen.

Er hätte liegenbleiben sollen, aber das Aufstehen hatte er in so vielen Kämpfen trotz aller Schmerzen geschafft, daß es ihm fast zur Gewohnheit geworden war. Er stand wieder auf seinen Füßen, nahm die Deckung hoch und protestierte:

»Das waren meine Nieren! Der Mistkerl hält sich nicht an unsere Abmachung!«

»Wat heißt Abmachung?« fragte sein Coach in seinem breiten Ruhrpott-Dialekt. »Nimm ma' die Deckung hoch, wie ich dir dat jesacht habe, woll?«

»Leck mich«, brummte der Champ und tänzelte auf den Sparringsgegner zu. Er hatte keine Lust mehr, und er fing an, diesen Job zu hassen. Das hatte längst nichts mehr mit Sport zu tun, das war nur noch ein mieses, abgekartetes Geschäft.

Er hörte kaum auf das, was sein Coach ihm zurief, der Ratschläge gab, wenn es meistens schon zu spät war. Er schlug ein paar Routine-Schläge, die er ebensogut hätte lassen können, und er wehrte den anderen ab, so gut es ging – bis ihn der nächste harte Durchstecher traf.

Er stürzte, der Schmerz tobte durch seinen Körper, und vor den Augen drehten sich die Seile, die Leute und die ganze Welt. Mein Gott, warum hatte er sich nur auf diesen verfluchten Mist eingelassen?

»Fünftausend Mark«, sagte er mit schwerer Zunge. »Wenn ich nur fünf Riesen hätte . . .«

Ein paar andere hörten es, aber niemand nahm es sonderlich ernst. Zwar nannten ihn alle den »Champ«, aber das hatte mit seinen Erfolgsaussichten nichts zu tun. Champ war er vielleicht vor langer Zeit einmal gewesen. Jetzt war er nichts weiter als ein abgetakelter Boxer, der den Kopf in Schaukämpfen hinhalten durfte, die längst entschieden waren, bevor sie überhaupt angefangen hatten.

Fünftausend Mark, ging es immer wieder durch sein so oft durchgerütteltes Gehirn. Damit konnte man was anfangen. Das war ein Startkapital. Und wenn's nur für eine noch so kleine Bude gewesen wäre. Nur fünftausend Mark – und dieser Kiebaum hätte ihm gestohlen bleiben können.

Der war überhaupt an allem schuld. Kiebaum bestimmte, wer gewinnen durfte und wer zu verlieren hatte. Kiebaum bestimmte, wieviel Geld der und wieviel jener bekam. Kiebaum hatte die aalglatten Hände in diesem und in jenem Geschäft, Kiebaum war der große Zampano.

Als er das dachte, ergriff ihn die Wut so sehr, daß er einen Schlag landete, über den er sich selbst wunderte. Um ein Haar hätte er den anderen von den Füßen geholt.

Das Protestgeschrei konnte sich hören lassen. Der Champ kümmerte sich nicht darum. Er kletterte aus dem Ring hinaus und watschelte mit seinem Entengang in die Garderobe.

Erschöpft ließ er sich auf die Couch fallen. In der Nierengegend waren immer noch Stiche. Er verzog das Gesicht, als Ruhrpott-Macker hereinkam und anfing, ihn anzumachen.

Du mußt doch total vermatscht sein, bist du verrückt, du kannst dem doch nicht in die Fresse hauen, wo Kiebaum ausdrücklich angeordnet hat, daß der im Kampf der Sieger sein wird – und so weiter und so fort. Die Leier kannte er nun lange genug.

»Ja, hack nur auf mir rum«, sagte er müde. »Früher, da hast du die große Kohle an mir gemacht, und jetzt, jetzt läßt du mich fallen.«

»Du fällst von ganz alleine«, widersprach der Coach. »Mann, dat is' doch allet Scheiße, wat du machst. Kiebaum sacht, den bauen wir als Sieger auf – un' wat machst du? Du haust ihm auf die Glocke!«

Kiebaum, Kiebaum, Kiebaum, dröhnte es in seinem Kopf. Gab es denn auf dieser Mistwelt niemanden außer Kiebaum?

»Mensch, wenn ich nur fünf Riesen hätte«, murmelte der Champ geistesabwesend. »Nur fünf Riesen . . .«

Das Geschäft schleppte sich träge hin. Kein Wunder, am späten Nachmittag ist in keiner Bar der Welt Hochbetrieb. Babsi, nicht mehr ganz so jung, wie es ihre Aufmachung darstellen sollte, war deshalb mehr als erfreut, als ein einzelner Herr in ihrem Revier an einem der kleinen Tische Platz nahm und sich suchend umschaute. Sie trippelte auf ihn zu, beugte sich vor und verhalf ihm damit zu einem tiefen Einblick in ihren ohnehin sehenswerten Ausschnitt.

»Was darf's denn sein, Süßer?« gurrte sie.

Der Herr trug einen hellgrauen Einreiher mit blau-rot gestreifter Seidenkrawatte. Sein Rasierwasser duftete nach herber Frische. Alles in allem ein prachtvolles Mannsstück, wenn da nicht der kühle Blick aus diesen mausgrauen Augen gewesen wäre. Damit kannte sich Babsi aus, diese Art vom Männern kannte sie zu gut, als daß sie sich bei denen noch Illusionen hingegeben hätte. Und deshalb war sie auch nicht überrascht, als sie ihn sagen hörte:

»Einen Scotch mit ein bißchen Soda, kein Eis – und die Chefin, bitte.«

Das »Bitte« hätte er sich auch schenken können. Die Art, wie er es aussprach, machten den Inhalt des Wortes zunichte. Babsi nickte nur und trippelte an die Bar. Die Chefin sortierte Bons, und es war ihrem Gesicht abzulesen, daß sie mit dem Umsatz von gestern alles andere als zufrieden war.

»Doris«, sagte Babsi, »der einzelne Herr da drüben möchte Sie sprechen. »Und einen Scotch mit Soda, aber ohne Eis möchte er auch.«

Doris, die Chefin, schnippte mit zwei Fingern, um den Getränkewunsch an Mary weiterzuleiten, die für die Ausgabe an die Serviererinnen zuständig war, während sie nach Art aller Kurzsichtigen die Augen ein wenig zusammenkniff und in die von Babsi gezeigte Richtung schaute.

Sie erkannte den Gast und sagte:

»Keinen Bon. Das geht auf Rechnung des Hauses.«

Doris begab sich zu dem einzelnen Herrn, der immerhin so weit Herr war, daß er sich erhob, als die Barbesitzerin an seinen Tisch trat.

»Hallo«, sagte er mit seiner sonoren Stimme.

»Herr Martens«, grüßte Doris mit geschäftsmäßiger Freundlichkeit, während sie sich setzte und auch der Gast wieder Platz nahm. »So früh und ganz allein? Ohne Geschäftsfreunde? Da brauche ich wohl keine Damen zu rufen?«

»Ich muß wieder zurück in die Firma«, sagte ihr Besucher. »Es geht um etwas Geschäftliches. Sie hatten da neulich so eine Andeutung gemacht – erinnern Sie sich?«

Doris ahnte, was er meinte, denn sie wußte, in welcher Branche der Herr Martens tätig war. Aber sie spielte das alte Spiel, weil sie glaubte, daß man es bei einer Frau wie ihr erwartete.

»Andeutungen? Lieber Himmel, als wir uns das letzte Mal gesehen haben, Herr Martens, da waren wir alle ein bißchen – nun, wie soll ich sagen – fröhlich?«

»Wir waren mittelprächtig besoffen«, sagte Herr Martens grob und zog mit seinen kräftigen, kurzen Fingern eine Zigarette aus seiner Schachtel, ohne auf den Gedanken zu kommen, sie anzubieten. Aber das Feuerzeug, das er benutzte, war immerhin ein goldenes Dupont.

Doris hatte es schon an jenem Abend bemerkt.

»In einer solchen Stimmung macht eine Frau vielleicht viele Andeutungen«, sagte Doris kokett.

Martens beugte sich vor.

»Sie haben gesagt, daß es kaum etwas gibt, was Sie nicht beschaffen könnten.«

»Na ja, man hat so seine Beziehungen.«

»Fein«, lobte Martens. »Genau das haben Sie damals auch gesagt. Und dann habe ich gesagt: Ich brauche keine Weiber, ich brauche Arbeiter.«

»Ja, ich glaube, ich erinnere mich.«

Jetzt war es kein kokettes Spiel mehr, jetzt ging es um Geld. Doris hatte schon immer die Geschäfte als die besten empfunden, bei denen sie als Vermittler von beiden Parteien abkassieren konnte.

»Also – was ist?« fragte Martens.

»Sie müssen ein bißchen deutlicher werden«, sagte Doris leise. »Von was für Arbeitern sprechen Sie?«

»Verdammt, hören Sie mit der Spielerei auf!« knurrte Martens und blies den Zigarettenrauch ungeniert über den Tisch. »Ich brauche Bauhilfsarbeiter, ausländische, das wissen Sie doch.«

»Wie viele?«

»Wahrscheinlich mehr als Sie besorgen können.«

»Habe ich Ihre Telefonnummer?«

Martens griff hinter sein Ziertuch in die Brusttasche und legte eine Visitenkarte vor sie hin.

»Wie hoch ist meine Provision?« fragte Doris und räkelte sich in ihrem Sessel.

»Machen Sie Ihren Preis.«

»Hundert pro Kopf und Woche.«

Martens war ein Mann von schnellen Entschlüssen.

»Wenn ich mit der Leistung der Kerle zufrieden sein kann, soll es mir recht sein. Wann erfahre ich Genaues?«

Doris tat, als ob es ein Problem zu bewältigen gäbe. Sie runzelte die Stirn, zog mit einem spitzen Fingernagel Kreise auf dem Tisch und schien konzentriert nachzudenken. Er sollte nicht das Gefühl bekommen, daß sie ihr Geld zu leicht verdiente. »In drei oder vier Tagen rufe ich Sie an«, sagte Doris und ließ sein Kärtchen in ihrem Ausschnitt verschwinden.

»Machen Sie Druck dahinter«, sagte Martens und stand auf, als Babsi gerade einen Scotch brachte. »Keine Zeit mehr. Ich verlasse mich auf Sie, Doris.«

Er zog einen Zwanziger aus der Hosentasche und legte ihn auf Babsis Tablett. Doris nickte ihm geistesabwesend zu. Dann ging sie in ihr Büro und wählte eine Telefonnummer, die sie auswendig wußte.

»Hier ist Doris«, sagte sie. »Sagen Sie Herrn Kiebaum, daß ich ihn dringend sprechen muß.«

2

Es konnte am Wetter liegen. Oder an der Nachtschicht. Oder an sonstwas. Jedenfalls war die Stimmung im Streifenwagen vierzehn/zwei an diesem Tag nicht überwältigend.

Ellen Wegener war fast froh, als sie vom Revier gerufen wurden. Sie nahm den Hörer und sagte:

»Hier Vierzehn/zwei.«

Aus dem Lautsprecher drang die vertraute Stimme von Schichtführer Bogner:

»Da ist eine Abschiebesache. Aus dem Asylantenheim, eine Familie Obuko soll zugeführt werden. Ich buchstabiere: Buko mit einem O davor.«

»Bitte Funkdisziplin, Herr Kollege«, mahnte Ellen Wegener.

»Jawohl, Frau Kollegin«, erwiderte Bogner artig. »Also bringt die Leute her, verstanden?«

»Leider verstanden«, sagte Ellen Wegener.

»Bitte Funkdisziplin, Frau Kollegin«, gab Bogner zurück und fügte hinzu: »Vierzehn/zwei Ende.«

Ellen Wegener legte auf.

»Sie haben's ja gehört: Asylantenheim.«

Block bedachte sie mit einem schnellen Blick.

»Scheint Ihnen nicht zu gefallen«, brummte er.

»Sie scheinen sich auch nicht gerade wohl zu fühlen«, konterte Ellen Wegener.

»Haftbefehl ist Haftbefehl«, sagte Block.

»Ich finde diesen Haftbefehl unmenschlich!« sagte Ellen mit Nachdruck.

»Jetzt geht das schon wieder los«, seufzte Block. »Sie können einen aber auch wahnsinnig machen.«

Ellen zuckte mit den Achseln, was ihm zeigen sollte, daß sie es allmählich für sinnlos hielt, über gewisse Dinge mit ihm zu diskutieren.

»Frau Wegener«, sagte Block einlenkend, »nun lassen Sie uns doch mal vernünftig darüber reden.«

»Ach?« meinte Ellen, »Sie trauen mir Vernunft zu?«

»Frau Wegener«, begann Block mit deutlichem Luftholen: »Ein Polizist hat nicht Stellung zu beziehen! Denken Sie doch bloß mal an die Demonstrationen. Mancher Kollege würde da gern mitmachen – auf der anderen Seite! Aber es geht nicht! Wir müssen uns da raushalten.«

»Und uns verkloppen lassen«, sagte Ellen und nickte nachdrücklich. »Und die Suppe auslöffeln, die die Politiker eingebrockt haben.«

»Oder so«, sagte Block. Mit seiner Lieblingsfloskel war es ihm möglich, jedes unliebsame Gespräch abzubrechen.

Die Abenddämmerung hatte eingesetzt, als sie auf das Asylantenheim zufuhren. Es war ein Sommertag, und folglich blieb es lange hell.

Vielleicht herrschte deshalb noch so viel Betrieb vor dem Asylantenlager, das aus ein paar Häusern bestand, die von einigen Baracken ergänzt wurden, auf die man zurückgriff, wenn der Andrang an Asylsuchenden wieder einmal sprunghaft anstieg.

Zwischen den Häusern gab es ein bißchen Rasen und ein paar kümmerliche Büsche, die aussahen, als ob sie sich schämten zwischen dieser menschlichen Not. Männer, Frauen und Kinder aus Bangladesch oder Sri Lanka, aus Äthiopien, dem Sudan, aus Ghana und Namibia, aus Polen, der Tschechoslowakei und natürlich aus den ewig politisch unruhigen Ländern des Nahen Ostens standen in Gruppen beieinander oder hockten auf dem Rasen, unterhielten sich oder vertrieben sich die Zeit mit einfachen Würfel- oder Kartenspielen.

Block schob seine Polizeimütze aus der Stirn und überschaute das bunte Treiben. Einige trugen farbenprächtige Gewänder aus ihrer Heimat, aber die Mehrzahl hatte sich bereits die Uniform der westlichen Zivilisation zugelegt: Jeans und Pullis waren in der Überzahl.

Beim Anblick des Polizeiwagens waren einige hastig in den Häusern verschwunden. Vielleicht waren sie an Schlimmes gewöhnt, wenn Polizei auftauchte. Andere blieben auf dem Rasen sitzen und taten, als bemerkten sie nicht, was rings um sie vorging. Nur ein paar dunkelhäutige Kinder hatten ihre Scheu inzwischen verloren und scharten sich um den Streifenwagen und bestaunten neugierig Blaulicht, Funkantenne und die Insassen.

»Kann einer von euch Deutsch?« fragte Block.

Ein krausköpfiger Junge mit pechschwarzer Hautfarbe trat tapfer vor und sagte:

»Ich gut sprechen Deutsch, Chef. Ich lernen Deutsch in Schule, Chef.«

»Großartig«, sagte Block. »Wir suchen eine Familie Obuko. Weißt du, wo wir sie finden können?«

Ein allgemeines Palaver brach aus, bei dem der Name Obuko einige Male deutlich zu hören war. Ellen Wegener hatte das Gefühl, daß sie bei den Kindern keine Unterstützung finden würden, und es bestätigte sich, als der Junge sich wieder an sie wandte, jetzt mit einer verschlossenen Miene:

»Nix kennen Obuko. Hier kein Obuko.«

Die Kinder wandten sich demonstrativ von ihnen ab. Ellen Wegener unterdrückte ein Lächeln. Vielleicht konnten sie gar keine Familie Obuko der Abschiebehaft zuführen, weil diese Familie einfach nicht zu finden war?

Aber das war natürlich eine unrealistische Hoffnung. Die Obukos konnten sich nicht über längere Zeit verborgen halten. Sie brauchten schließlich Unterkunft, Verpflegung und Kleidung, und schon deshalb würden sie irgendwann bei einer der staatlichen Versorgungsstellen auftauchen müssen.

Block ging auf das Verwaltungsgebäude zu, und Ellen Wegener folgte ihm.

»Was machen wir, wenn sie sich einfach nicht zu erkennen geben?« fragte sie.

»Als ob das was nützen würde«, brummte Block. »Sie wissen genau, was dann in die Wege geleitet werden müßte: Die Überprüfung aller Personen.«

»Natürlich«, sagte Ellen. »Die Staatsgewalt muß ja durchgesetzt werden.«

»Sehr richtig«, sagte Block. »Wenn man das nicht vorhat, kann man auf den Staat insgesamt verzichten.«

»Wär' das eigentlich so furchtbar?« fragte Ellen.

Block schloß die Augen und seufzte.

»Jetzt reicht es, Frau Kollegin«, tadelte er. »Ich zum Beispiel schätze die Vorstellung, daß hochmodern eingerichtete Krankenhäuser und gut ausgebildete Ärzte dasein werden, wenn ich mir mal einen Knochen brechen sollte. Und daß es Straßen gibt, über die man mit einem Auto ohne Achsenbruch fahren kann. Und die allgemeine Schulpflicht finde ich auch nicht überflüssig. Und wenn ich Ihnen jetzt alles aufzählen soll, was nur eine organisierte Gemeinschaft – also ein Staat – verbürgen kann, dann sollten Sie uns vorher über Funk bis morgen früh abmelden.«

»Ist ja gut«, sagte Ellen Wegener. »Ich hatte es ja auch gar nicht so ernst gemeint.«

»Hatte ich auch nicht angenommen«, sagte Block und versuchte zu scherzen: »Welcher Beamte will schon den abschaffen, der ihm die Pension garantiert?«

Sie betraten das mittlere Gebäude, in dem sich Büros, ein Speisesaal und ein Aufenthaltsraum befanden. Aber um diese Zeit waren die Büros natürlich längst geschlossen. Block wandte sich an einen Mann, der eine olivfarbene Haut und einen mächtigen Schnauzbart hatte.

»Entschuldigen Sie. Sprechen Sie Deutsch?«

»Kleine bißchen«, erwiderte der Mann.

»Wir suchen eine Familie Obuko. Wissen Sie, wo wir sie finden können?«

»Obuko? Ja, haben gesehen Familie Obuko. Eine Stunde zurück. Gehen hinaus, vielleicht spazieren. Verstehn?«

»Ja, ich glaube, ich hab's –«

Block wurde unterbrochen. Der schnauzbärtige Mann zeigte den Flur hinab. Am anderen Ende hatte ein farbiges Paar das Haus betreten. Sie schienen kaum älter als dreißig, und die Frau trug ein farbenfrohes Gewand, das wahrscheinlich aus ihrer Heimat stammte.

»Das Obuko«, sagte der Schnauzbärtige.

Sie gingen ihnen entgegen, fragten nach ihren Personalien und bekamen durch Gesten und Kopfbewegungen bestätigt, daß sie das Ehepaar Obuko vor sich hatten. Ellen Wegener versuchte es mit ein paar europäischen Sprachbrocken, aber sie hatte kein Glück. Die Obukos schienen sich außerhalb ihrer Muttersprache nicht verständlich machen zu können. Immerhin begriffen sie an den Gesten, daß sie mitkommen mußten.

Ellen empfand es wie eine Art Spießrutenlaufen, als sie das Ehepaar zum Streifenwagen brachten. Die Leute auf dem Rasen standen plötzlich auf, niemand sagte ein Wort, aber es war, als wollten sie Todgeweihten die letzte Ehrung erweisen.

In dieser Minute haßte Ellen Wegener zum ersten Mal die Uniform, die sie trug.

Als der Champ die Boxschule verließ, blieb er noch einmal vor dem Schaukasten stehen, in dem die beiden roten Plakate hingen. Darauf stand sein Name für einen der Vorkämpfe. Die Buchstaben waren in den letzten Jahren von Mal zu Mal kleiner geworden.

Er ließ die Schultern hängen und ging hinaus. Abgespannt schlich er durch die Straßen. Er war so gut wie pleite, hatte keine Lust mehr – und es gab nirgendwo einen Hoffnungsschimmer.

Du lieber Gott, wer gab denn heutzutage etwas für einen heruntergekommenen Boxer?

Es blieb ihm nichts anderes übrig, als weiter die Figur hinzuhalten für die Jungs, die Kiebaum als Sieger wünschte. Er durfte als ›Schauspieler‹ auftreten: gekonnt auf die Matte gehen, so daß niemand die Schiebung merkte. Es war zum Kotzen.

Er wollte die Straße überqueren und sprang im letzten Augenblick zurück, weil er in seiner Geistesabwesenheit ein nahendes Taxi nicht früh genug bemerkt hatte.

Ein Stückchen weiter oben preschte Fredchen über die Straße, der Sohn seines Halbbruders. Der Champ mochte den Jungen, als ob es sein eigener Sohn wäre. Er stemmte die Fäuste in die Hüften und wollte rufen, aber da war Fredchen schon im Haus verschwunden. Vielleicht war er wieder einmal spät dran. Da wurde sein Vater leicht nervös.

Der Champ spuckte aus. Der Gedanke an seinen Halbbruder verursachte ihm immer einen bitteren Geschmack. Und nicht nur, weil er ihm damals die Freundin ausgespannt hatte, die, die jetzt Fredchens Mutter war, nein, dieser Halbbruder war auch sonst ein windiger Vogel. Bis zum heutigen Tage war von ihm nicht zu erfahren, wie es zu dem Unfall gekommen war, der ihn in den Rollstuhl gezwungen hatte. Fest stand nur, daß nicht alles mit rechten Dingen zugegangen war.

Robert – wie der Champ bürgerlich hieß – ging die Straße hinauf auf das Haus zu, in dem ihm sein Halbbruder ein Zimmer beschafft hatte. Seine Gedanken begannen wieder ums Geld zu kreisen. Ein früherer Catcher hatte ihm vor langer Zeit erzählt, wie er sich mit fünf Riesen eine Existenz aufgebaut hatte, ja: mit nur fünf Riesen. Der Champ träumte davon, Kiebaum den Kram hinschmeißen zu können. Aber wie sollte er an fünf Riesen kommen?

Der Champ wollte sich eine Sportzeitung in dem

Laden neben seinem Haus kaufen, aber er hatte wieder einmal vergessen, auf die Tageszeit zu achten. Das Geschäft war längst zu. Ärgerlich stapfte Robert die Treppe hinauf, schloß die Wohnungstür der alten Frau Berger auf und schlurfte in sein Zimmer.

An der Wand neben dem Bett hingen ein Siegerkranz aus längst vergangenen Tagen, ein Paar Boxhandschuhe, ein paar Urkunden und aufgeklebte Zeitungsausschnitte. Der Champ ließ seinen Blick darübergleiten. Andenken aus einem verkorksten Leben, Hoffnungssignale, die sich nie erfüllt hatten.

Er machte den kleinen Kühlschrank neben der Tür auf und griff nach einer Flasche Bier. Das war nun das feine Leben, für das er sich ein paar hundertmal die Seele aus dem Leib geprügelt hatte: eine billige Flasche Bier in einem trostlosen möblierten Zimmer bei einer armen Witwe. Er ließ sich auf das Bett sinken und setzte die Flasche an.

Da ging es über ihm los. Zuerst kreischte die Frau, die früher einmal Roberts Freundin gewesen war. Dann brüllte sein Halbbruder – und dann schrie Fredchen: schrill, schmerzgepeinigt, hilfeflehend.

Robert richtete sich auf. Ein paar Herzschläge lang lauschte er nach oben, aber der Lärm hörte nicht auf, und vor allem: Fredchens Schreien hörte nicht auf.

Der Champ stellte die Bierflasche auf den Fußboden und stampfte zur Tür. Er lief durch den Flur und stürmte die Treppe hinauf. Mit der Faust schlug er auf den Klingelknopf:

«Mach auf, Fred!« rief er. »Mach die Tür auf!«

Die Tür blieb zu. Er hämmerte noch einmal auf den Klingelknopf und schrie:

»Mach die Tür auf! Oder ich schlage sie ein!«

Niemand kam. Der Champ stellte sich in Positur und trat zu. Bei seinem Gewicht und seiner Kraft wurde die Macht einer Dampfwalze wirksam: Der linke

Türflügel flog nach innen wie ein Blatt welkes Laub. Der Champ holte mit der Faust aus und trieb den rechten Türflügel mit einem Schlag aus den Angeln.

Wie ein schwergewichtiges Ungeheuer walzte er in die Wohnung.

»Was ist denn mit dir los?« rief sein Halbbruder aus seinem Rollstuhl. Seine Frau, Roberts frühere Freundin, stand mit weit aufgerissenen Augen dahinter.

»Was hast du mit Fredchen gemacht?« rief der Champ.

»Kümmer dich um deinen Kram! Der Bengel brauchte eine Abreibung –«

Weiter kam er nicht, denn die Faust des Champs war auf seinem linken Auge gelandet, daß es den Rollstuhl bis an die Wand schleuderte und die Frau wohl von den Füßen gerissen hätte, wenn sie nicht beiseitegesprungen wäre, als der Champ ausgeholt hatte.

»Ich hab' dir hundertmal gesagt, du sollst den Jungen nicht schlagen!« rief der Champ. »Hundertmal hab' ich dir das gesagt! Laß den Jungen in Ruhe! Wo ist er überhaupt? Wo steckt Fredchen?«

Der Champ kannte sich aus in der Wohnung seines Halbbruders. Er drückte leise die Tür zum Zimmer des Jungen auf und schlich hinein. Fredchen lag im Bett, und es war offensichtlich, daß er geweit hatte.

»Hat er dich geschlagen?« fragte der Champ.

Fredchen nickte.

»Ich gewöhn's ihm ab«, versprach der Champ grimmig. »Verlaß dich darauf, Fredchen: Ich gewöhn's ihm ab. Und jetzt schlaf schön, okay?«

Der Champ kehrte ins Wohnzimmer zurück. Sein Halbbruder drückte einen nassen Lappen auf sein linkes Auge.

»Von Rechts wegen müßte ich dir noch eins auf das andere Auge hauen«, brummte der Champ. »Schon wegen der Ausgeglichenheit.«

»Das ist nun der Dank«, maulte der Halbbruder.

»Dank?« wiederholte Robert. »Dank? Wofür?«

»Daß ich dir geholfen habe!« rief sein Halbbruder. »Habe ich dir das Zimmer hier im Haus besorgt? Habe ich dir Geld gepumpt? Hab' ich! Und zum Dank schlägt mir mein eigner Bruder in die Fresse!«

»Halbbruder!« verbesserte Robert.

»Immer noch besser als deine Freunde! Hast ja auch so viele davon. Wo sind sie denn geblieben? Deine Manager, deine Fans, deine Weiber? Früher mal, da konnten sie ja gar nicht schnell genug zu dir auf die Matte kommen.«

»Richtig! Und du hast dich ja auch rührend um die Damen bemüht. Und mit Erfolg, wie man ja sehen kann. Den Jungen, den verdankst du doch sozusagen mir.«

Sein Halbbruder griff nach den Krücken.

»Jetzt mach aber halblang!« rief er wütend. »Oder ich schlag dir die Krücken über den Schädel!«

»Okay, okay, okay«, sagte der Champ nachgiebig. »Aber das eine sage ich dir! Wenn du noch einmal den Jungen schlägst, dann hau ich dir auf die Glocke, bis du lachst, verstehst du?«

Auf der Anrichte schrillte das Telefon. Die Frau nahm den Hörer und meldete sich.

Dann deckte sie die Hand über die Sprechmuschel und rief leise:

»Herr Kiebaum!«

Roberts Halbbruder schüttelte abwehrend den Kopf und verzog gleich darauf schmerzlich das Gesicht. Die Frau behauptete, daß ihr Mann nicht zu Hause sei und legte den Hörer auf.

»Was hast du denn mit Kiebaum zu schaffen?« fragte der Champ mißtrauisch.

»Geht dich das was an?« fragte der Halbbruder zurück.

»Nein«, gab der Champ zu. »Nein, das geht mich nichts an.« Er wollte noch etwas sagen, aber er brach ab, denn draußen im Flur waren deutlich Schritte zu hören . . .

3

»Setzen sie sich erst einmal«, sagte Block und wies auf die Besucherbank.

Familie Obuko sah ihn verständnislos an.

»Setzen«, wiederholte Block und machte es ihnen vor: »So.«

Jetzt hatten sie es begriffen. Sie nahmen auf der harten Holzbank Platz, und die Frau griff nach der Hand ihres Mannes. Es war eine rührende Geste, wie das Tasten nach Geborgenheit, nach verläßlichem Schutz.

Ellen Wegener hatte es beobachtet, und sie fragte sich wieder einmal, welche verdammten Bürokraten über das Schicksal von Menschen entschieden und nach welchen Grundsätzen sie es taten. Das Schlimmste an all diesen formalistischen Entscheidungen war doch immer wieder, daß eigentlich niemand dafür verantwortlich zu machen war. Jeder Einzelne tat nur das ihm Vorgeschriebene, jede Teilhandlung war in sich verständlich und keineswegs unmenschlich – aber als Endergebnis kam etwas Unmenschliches heraus.

Block war in Bogners Zimmer gegangen und kam jetzt mit einem Zettel in der Hand wieder heraus.

»Was für Sie«, brummte er ironisch. »Hilferufe eines Kindes! Von einer gewissen Frau Berger telefonisch gemeldet. Anschließend soll es auch noch Terror im Treppenhaus gegeben haben.«

»Das ist ja mal eine richtig ruhige Nachtschicht«,

meinte Ellen und rückte die Dienstmütze zurecht.

Sie verließen das Revier und stiegen in ihren Streifenwagen. Vierzehn/zwei war Ellen Wegener inzwischen so vertraut geworden, als wäre es ihr Privatwagen. Mit routiniertem Griff zurrte sie den Gurt fest und lehnte sich bequem zurück.

Es war inzwischen Nacht geworden, und Hamburgs bunte Lichter strahlten. Auf den Gehsteigen waren sie unterwegs, die Touristen und die Einheimischen, die sich abends amüsieren wollten. Aber Ellen Wegener dachte nicht an die vielfältigen Möglichkeiten, die Hamburg zu bieten hatte. Sie dachte an ihren Auftrag und fragte:

»Warum fahren wir nicht mit den Sonderrechten?«

Sie hatte die offiziellen Bezeichnungen aus der Polizeischule noch nicht vergessen. Sonderrechte, das hieß rotierendes Blaulicht und gellende Sirene. Keiner, der die Uniform länger als ein halbes Jahr getragen hatte, drückte sich noch so aus, und Block natürlich auch nicht:

»Mit Musik?« fragte er. »Lohnt nicht. Wir sind gleich da.«

Er fuhr so zügig, wie sie es von ihm gewöhnt war. Vor einem Kiosk hiel er Vierzehn/zwei an. Mit dem Daumen zeigte er über die Schulter zurück auf die letzte Haustür, an der sie vorbeigefahren waren.

»Da drin«, sagte er. »Hört sich doch ruhig an.«

Sie stiegen aus. Ganz so ruhig war es denn doch nicht. Als sie das Treppenhaus betraten, hörten sie irgendwo oben dumpfes Stimmengewirr, das plötzlich von einer lauten Männerstimme übertönt wurde:

»Was gafft ihr denn so? Bewegt die Stelzen! Oder es gibt eins auf die Glocke!«

Block stutzte.

Ellen blieb stehen und fragte:

»Was ist?«

»Die Stimme kam mir bekannt vor«, sagte Block. »Kommen Sie. Sehen wir uns den Schreihals mal an.«

Sie stiegen die Stufen hinauf. Vor einer offenstehenden Wohnungstür im ersten Stock wurden sie von einer alten Dame erwartet, die ihnen zuwinkte, kaum daß ihre Köpfe sichtbar geworden waren.

»Ich habe angerufen«, tuschelte sie aufgeregt, während sie nach oben zeigte. »Das war ja nicht mehr zum Aushalten! Erst das Schreien von Fredchen – und dann der Krach mit der Tür! Das war ja fast wie im Krieg mit den Bomben!«

Block nickte nur und stapfte weiter die Treppe hinauf. Ellen bedankte sich bei der alten Dame für den Anruf und folgte ihm. Aufgeregte Hausbewohner kamen ihnen entgegen. Schon vom nächsten Treppenabsatz aus sahen sie die Trümmer der eingetretenen Tür.

Sie stiegen über ein paar armlange Holzsplitter hinweg in den Flur. Am anderen Ende kam ein großer, schwergewichtiger Mann mit kahlem, rundem Kopf aus einem Zimmer, dessen Tür er leise hinter sich zuzog. Als er sich umdrehte und die Polizeiuniformen sah, erschrak er nicht etwa, wie Ellen Wegener es meist erlebte, nein, sein rundes Gesicht strahlte fröhliches Erkennen aus, und er rief:

»Mensch, Block! Das ist aber eine Freude!«

»Der Champ!« sagte Block. »Na, ob das eine Freude wird, weiß ich noch nicht. Hier hört man ja schöne Sachen.«

»Was denn?« fragte der Schwergewichtler.

Block wollte etwas erwidern, aber aus einer offenstehenden Tür humpelte ein Mann auf Krücken heraus, gefolgt von einer jungen, blonden Frau in einem hellblauen Kleid.

»Was wollt ihr denn hier?« fuhr er die Polizisten an.

»Wer ist er denn?« fragte Block.

»Das ist mein Halbbruder«, sagte der Champ.

»Ist das deine Wohnung?« fragte Block.

»Nein, seine.«

»Was war denn hier los? Der Tür nach zu urteilen so eine Art Polterabend – oder was?«

Der Champ versuchte es mit der Masche ›alte Freundschaft‹.

»Mensch, Block, du kennst mich doch. Ich wollte ihm nur ein paar Schläge aus meinem Kampf gegen Charly Miller zeigen.«

»Charly Miller war Karl Müller«, stellte Block nüchtern fest: »Und da bist du in der dritten Runde k.o. gegangen.«

»Ich rede doch von der zweiten Runde«, meinte der Champ treuherzig.

»Ach ja, ich erinnere mich. Da ist dir aus Versehen ein Treffer gelungen.«

Der Champ ließ den Kopf hängen, sein Halbbruder grinste schadenfroh, trotz des linken Auges, das blaurot umrahmt war. Die Frau schien sich nicht wohl zu fühlen. Ellen Wegener beobachtete sie aufmerksam, auch wenn sie nichts sagte.

»Wenn Sie der Wohnungsinhaber sind«, sagte Block jetzt zu dem Mann mit den Krücken, »können Sie Anzeige erstatten.«

»Ich? Eh – nein. Außerdem sind wir ja verwandt, verstehen Sie?«

»Ich verstehe«, sagte Block. »Na, dann können wir ja gehen. Kommen Sie, Frau Wegener.«

»Nein«, sagte Ellen.

Block, der sich schon zur Tür gewandt hatte, blieb stehen, drehte sich um und fragte verdutzt:

»Wieso?«

»Ich hätte gern gewußt, ob es in dieser Wohnung ein Kind gibt«, sagte Ellen betont.

»Ein Kind?« wiederholte der Mann mit den Krücken.

»Ich habe mich doch sehr deutlich ausgedrückt – oder? Sind Sie die Mutter?«

»Ich?« fragte die Frau in dem blauen Kleid. »Ja, natürlich.«

»Könnte ich das Kind bitte mal sehen?« fragte Ellen.

Die Frau warf dem Mann mit den Krücken einen hilfesuchenden Blick zu. Der schaltete schnell:

»Der Kleine? Eh, der schläft«, meinte er.

»Ich kann sehr leise sein«, sagte Ellen. »Also?«

Die Frau schickte sich ins Unvermeidliche. Leise betrat sie mit Ellen Wegener das Kinderzimmer. Block tappte auf Zehenspitzen hinterher. Ein neun- oder zehnjähriger Junge lag im Bett und schlief. Ellen betrachtete sehr genau, was sie von den Kind sehen konnte, ohne es zu wecken.

Danach verabschiedeten sie sich. Block mahnte, daß ab sofort Ruhe zu herrschen habe. Als sie wieder in ihrem Streifenwagen saßen, fragte Ellen:

»Woher kannten Sie ihn eigentlich?«

»Wen?«

»Dieses Babygesicht mit der Statur eines Preisboxers.«

»Ach, Sie meinen Robert. Den habe ich kennengelernt – meine Güte, das ist tausend Jahre her – im Polizeisportverein. Er kam als halbes Kind und wollte boxen lernen. Wahrscheinlich weil sie ihn schon als Kind immer mit seiner Figur aufgezogen hatten. Sein Talent war nicht toll, aber er war fleißig, na ja, und eines Tages ist er Profi geworden.«

»Mit Erfolg?« wollte Ellen wissen.

»Wäre er dann da, wo er jetzt ist?« fragte Block zurück. »Sie haben ihn den Champ genannt – wahrscheinlich, weil er nie in seinem Leben einen Kampf gewonnen hat. Der Champion! Oder König Hasenfuß. Der hätte nicht einmal im Traum einen Menschen ausknocken können.«

»Klingt doch ganz sympathisch«, meinte Ellen. »Apropos: Würden Sie in Ihrer Sympathie soweit gehen, eine Kindesmißhandlung zu decken?«

»Eine was?« fragte Block erschrocken. »Aber das Kind hat geschlafen! Es waren keine Anzeichen einer Mißhandlung zu entdecken!«

»Nicht am Kopf, und viel mehr haben wir von dem Kind nicht gesehen. Aber Frau Berger hat die Hilferufe eines Kindes gemeldet, und in der Wohnung war ein Kind!«

Block machte ein nachdenkliches Gesicht.

»Da waren *zwei* Kinder«, widersprach er. »Und ich habe das Gefühl, daß ich mich um beide mal kümmern sollte.«

Ellen wandte den Kopf und sah zum Fenster hinaus. Block mußte nicht unbedingt sehen, daß sie zufrieden lächelte. Sie kamen vor dem Revier an und stiegen aus. Ellen ging schon auf den Eingang zu, während Block den Wagen abschloß. Plötzlich rief er:

»Frau Wegener!«

Ellen drehte sich um. Block hatte die Mütze abgenommen. Sein eisengraues Haar glänzte fast silbrig im Licht der Straßenlaterne.

»Ein für allemal«, sagte Block und setzte sich die Mütze wieder auf den Kopf: »Ich decke nichts und niemanden – klar?«

Ellen nickte.

»Davon bin ich ausgegangen«, sagte sie.

»Oder so«, knurrte Block.

Im Revier herrschte der übliche Abendbetrieb. Ein kaum noch zum Stehen Fähiger erkundigte sich allen Ernstes, ob sie wirklich glaubten, daß ein Mann von einem Glas Milch betrunken werden könne. Er wäre umgefallen, wenn ihm nicht ein Kollege zu Hilfe gekommen wäre. Jemand aus dem Süddeutschen hatte seinen Ausweis verloren, und eine Dame vom ältesten

Gewerbe der Welt hatte sich ohne die vorgeschriebenen Gesundheitsatteste allzu aufdringlich um Freier bemüht.

Aber es waren nicht die Routinedinge, mit denen sie sich beschäftigen sollten. Bogner kam aus seinem Zimmer gestürmt, als er sie durch die Glastür erblickt hatte.

»Mensch, Block! Frau Wegener!« rief er leise. »Was habt ihr denn angestellt?«

Ellen Wegener zuckte mit den Achseln. Block kratzte sich hinter dem rechten Ohr.

»Wovon redest du?«

Bogner klatschte ein rotes Formular vor sie auf den Tresen. Die Buchstaben HAFTBEFEHL waren nicht zu übersehen.

»Ich rede von den Obukos! Laut Haftbefehl gehört ein Kind zu der Familie! Wo ist das Kind?«

Jetzt nahm Block die Mütze ab.

»Ach du Scheiße«, sagte er tonlos.

»Oder so«, fügte Ellen hinzu. Dann drehte sie sich um und lief zur Tür: »Kommen Sie!«

Und Block stürmte hinter ihr her.

Als Oma Brannolte das Revier betrat, lief ihr Köhler über den Weg. Oma Brannolte lächelte und grüßte auf ihre herzliche Art:

»Ah, guten Abend, Herr Schröder!«

»Guten Abend, Oma Brannolte«, erwiderte Neidhardt Köhler.

»Sagen Sie, hat es Ihre Frau immer noch so mit dem Rheuma?«

»Ich habe keine Frau«, erklärte Köhler.

»So, kein Rheuma mehr«, sagte Oma Brannolte, »na, da seien Sie mal dankbar, nicht wahr.«

Köhler verbarg sein Grinsen. »Was kann ich denn für Sie tun, Oma Brannolte?« fragte er.

»Na, na!« Oma Brannolte drohte mit dem Zeigefinger. »Sie mir noch was tun!«

Zwei Kollegen an ihren Schreibtischen versteckten die Köpfe hinter hastig hochgehobenen Akten.

»Also, ich will Sie ja nicht rausschmeißen«, sagte Köhler, und da fiel ihm die alte Dame ins Wort:

»Woher wissen Sie denn das mit meinen Ausweisen?«

»Wieso?« fragte Köhler verdutzt. »Haben Sie mehrere?«

»Ja, deswegen bin ich doch hier!« erklärte Oma Brannolte und stellte ihre Handtasche auf den Tresen. »Ach, jetzt fällt's mir wieder ein: Herr Bogner! Ja, nicht wahr. Sie waren doch so freundlich und haben mir vorige Woche ein neuen Ausweis gegeben, weil ich doch meinen alten verloren hatte, nicht wahr. Na ja, und heute habe ich meinen alten wiedergefunden. Und da wollte ich fragen, ob ich nun den alten oder den neuen abgeben muß. Denn zwei darf man ja wohl nicht haben – oder?«

Sie hatte einen Paß der Bundesrepublick Deutschland aus der Tasche gezogen und Köhler hingehalten. Der nahm ihn, blätterte gewohnheitsmäßig in dem Dokument und stutzte:

»Haben Sie da mal reingeschaut, Oma Brannolte?«

»Nein, warum denn? Ich weiß doch, wie mein Paß aussieht.«

Das gütige, alte Gesicht zeigte reine Ahnungslosigkeit.

»Wo haben Sie denn diesen Paß gefunden?« fragte Köhler.

»Hinter der Vitrine. Bei Herrn Kiebaum, wo ich doch immer saubermache. Da stelle ich immer meine Tasche drauf, nicht wahr, und da muß er wohl rausgerutscht sein. Also soll ich nun den hierlassen oder den neuen?«

»Lassen Sie den mal da«, sagte Köhler und brachte

Oma Brannolte zur Tür. Dann rief er Bogner: »Rolf! Komm doch mal her!«

Schichtführer Bogner kam aus seinem Allerheiligsten. Auch die Kollegen an den Schreibtischen wurden aufmerksam. Köhler klappte den Paß auf der Fotoseite auf und fragte:

»Kennst du den?«

Bogner betrachtete das Männergesicht auf dem Paßbild und erkundigte sich:

»Ist das nicht dieser Baufritze?«

»Diesen Baufritzen und Boxpromoter kennt halb Hamburg unter dem Namen Kiebaum«, sagte Köhler. »Und nun lies mal, was für ein Name hier steht.«

Köhler tippte auf die Seite neben dem Paßbild. Mit gerunzelter Stirn las Bogner: Müller, Werner. Er stieß einen leisen Pfiff aus.

»Den schicken wir der Kripo. Das wird die interessieren . . .«

Kiebaum rutschte auf einen der hohen Barhocker. Er streifte die knapp bekleideten Damen auf der winzigen Bühne mit einem abgeklärten Blick, bevor er sich an die Bardame wandte:

»Ist Doris da?« fragte er.

Mary wußte, wie dieser Gast zu behandeln war. Sie schenkte ihm das Sonderlächeln, einen tieferen Blick in ihren Ausschnitt und versicherte:

»Ich werde die Chefin sofort verständigen. Inzwischen einen Drink, Herr Kiebaum?«

»Einen Whisky. Aus meiner Flasche.«

»Selbstverständlich, Herr Kiebaum.«

Mary tat die nötigen Handgriffe, wußte, daß Kiebaum sie dabei beobachtete, und hörte ihn fragen:

»Haben wir eigentlich schon miteinander geschlafen?«

»Aber, Herr Kiebaum, sowas weiß man doch.«

»Du lieber Gott«, sagte Kiebaum. »Wenn ich mir die alle merken wollte!«

Mary stellte ihm den Whisky hin und griff zum Haustelefon. Zwei Minuten später erschien Doris mit ihrer künstlichen Strubbelfrisur, dem tief ausgeschnittenen Abendkleid und der langen Zigarettenspitze.

»Guten Abend, Herr Kiebaum«, sagte sie mit ihrer rauchigen Stimme, von der man nie wußte, ob sie gewollt oder Natur war.

»Doris!« rief Kiebaum erfreut. »Warum so förmlich? Du siehst wieder blendend aus!«

»Geben Sie sich keine Mühe, Herr Kiebaum. Ich bin, wie man so schön sagt, in festen Händen.«

»Und ich bin, wie man so schön sagt, ein echtes Angebot. Sozusagen ein Muster –«

»Ein Muster ohne Wert«, fiel ihm Doris lächelnd ins Wort. »Können wir zum Geschäft kommen?«

»Von mir aus.«

Doris dämpfte unwillkürlich ein wenig ihre Stimme:

»Ein Kunde braucht dringend Bauhilfsarbeiter, ausländische – Sie wissen schon.«

»Wer braucht sie? Und wie viele?« fragte Kiebaum.

»Wie hoch ist meine Provision?«

»Wie immer«, sagte Kiebaum.

Doris schüttelte den Kopf. Kiebaum runzelte die Stirn. »Was soll das heißen?«

»Das ist ein neuer Interessent. Das bedeutet Zukunft.«

»Großer Laden?« fragte Kiebaum.

»Sehr groß«, sagte Doris.

»Dann ist es Tewobau oder die GWG«, sagte Kiebaum lauernd. »Wer ist es?« Doris lächelte.

»Meine Provision?« mahnte sie.

Kiebaum gab sich geschlagen.

»Okay«, sagte er. »Dann kürze ich eben die Kanaken von acht Mark auf sieben Mark die Stunde.«

4

An der Kellertür stand in roten Spraydosen-Buchstaben ›Hier wohnt kein Schwein‹. Aber der Hausmeister sollte hier unten wohnen, also zog Block die Tür auf. Sie hörten leise Radiomusik und gingen dem Geräusch nach durch den Flur. Block klopfte an eine grün lakkierte Brettertür, die gleich darauf von einem untersetzten, schwarzhaarigen Mann geöffnet wurde. Eine Frau in einem dunkelblauen, geblümten Kleid schaute neugierig über seine Schulter.

»Guten Abend«, sagte Block. »Sprechen Sie Deutsch, Herr – ?«

»Ich nix Herr. Ich arbeiten.«

Es klang nach türkischem Akzent. Block unterdrückte ein Grinsen anläßlich der feinen Bestimmung dessen, was ein Herr sei.

»Sie kennen Familie Obuko?« fragte Ellen.

Der Mann nickte.

»Kennen Familie Obuko, ja. Sehr gute Leute. Wie geht's?«

»Alles in Ordnung, es geht ihnen gut«, sagte Ellen gegen ihr Gefühl und erkundigte sich: »Wissen Sie, ob Familie Obuko ein Kind hat?«

»Ja, haben Kind. So groß.«

Er maß mit seinen Händen eine so kurze Distanz, daß nur von einem Baby die Rede sein konnte.

»Wo wohnt Familie Obuko?« fragte Ellen.

»Haus C, zweite Stock.«

»Tja, es tut mir leid«, sagte Block. »Sie müssen uns die Wohnung aufschließen. Wir müssen sie durchsuchen.«

Der türkische Hausmeister erklärte es seiner Frau und ging mit ihnen durch den dünnen Nieselregen, der plötzlich eingesetzt hatte, hinüber zu dem Haus, das mit einem großen C gekennzeichnet war. Fünf Minuten später wußten sie, daß es in der Wohnung kein Kind gab.

»Was machen wir jetzt?« fragte Ellen ratlos, als sie wieder im Streifenwagen saßen.

»Was sollen wir machen?« brummte Block, während er Licht und Scheibenwischer einschaltete. »Zurück zum Revier. Vielleicht ist der Dolmetscher inzwischen gekommen. Woher sollen wir erfahren, wo das Kind steckt, wenn nicht von den Eltern?«

Das klang logisch. Ellen versuchte, sich in die Obukos hinein zu versetzen. Aber es gelang ihr nicht. Sie wußte zu wenig von ihnen, als daß sie ihr Verhalten hätte ahnen können. Sie wußte nur, daß sich jetzt irgendwo in Hamburg ein Baby befinden mußte, vielleicht ohne Nahrung, ohne jeden Schutz – wie lange konnte ein Baby unter solchen Umständen überhaupt am Leben bleiben? Und wenn es nun gar im Freien lag, jetzt, in der Nacht und bei diesem kühlen Regen?

»Es ist zum Kotzen«, sagte sie wütend vor sich hin.

»Glauben Sie, mir gefällt's?« erwiderte Block. »Aber woher sollten wir es denn wissen? Es war nur von einer Familie Obuko die Rede. Von einem Kind hat uns niemand was gesagt.«

»Die Eltern«, meinte Ellen. »Die Eltern müssen doch wissen, wo das Kind ist!«

»Hoffentlich«, knurrte Block und trat abrupt in die Bremse. Er war schneller gefahren, als es sonst seine Art war. Sie liefen durch den immer noch anhaltenden Regen zum Eingang des Reviers, stapften die paar Stufen hinan und hasteten auf Bogners Zimmer zu. Durch die Glastür sahen sie, daß er Besuch von einem dunkelhäutigen Herrn und den Obukos hatte.

Bogner sah sie kommen und ging ihnen entgegen.

»Nehmt sie mit!« rief er ihnen zu. »Den Dolmetscher auch! Das Kind liegt in einer Segeltuchtasche auf dem U-Bahnhof Sankt Pauli!«

»Ich hol den Wagen vor die Tür«, sagte Block. »Damit sie nicht durch den Regen müssen.«

Ellen sah ihm nach und dachte: Sieh an, so kann er also auch sein. Sie wandte sich den Obukos zu und versuchte, ihnen aufmunternd zuzulächeln. Sie konnte nicht erkennen, ob es bei ihnen ankam.

Diesmal nutzte Block die Sonderrechte, er fuhr ›mit Musik‹, und er tat es so schnell, wie Wetter und Verkehrsverhältnisse es irgend erlaubten.

»Die Tasche steht ziemlich am Ende des Bahnsteigs, bei einer Personenwaage«, sagte der Dolmetscher unterwegs, nachdem er sich kurz mit den Obukos unterhalten hatte.

Sie stürmten die Treppe hinab und einen menschenleeren Bahnsteig entlang, als ob es um ihr eigenes Leben ginge. Hinter einem geschlossenen Kiosk stand die Münz-Waage.

Von einer Segeltuchtasche war nichts zu sehen.

Frau Obuko stieß einen schrillen Schrei aus.

Kiebaum verließ die Bar und stieg in seinen amerikanischen Straßenkreuzer mit dem Kennzeichen HH-KI 1. Er hatte im Parkverbot gehalten, war aber nicht aufgefallen. Eine gebührenpflichtige Verwarnung hätte ihn freilich auch nicht aufgeregt. Beträge unter hundert Mark waren für Kiebaum eine Art Kleingeld. Er fuhr nur zwei Querstraßen weiter und hielt wieder in einem Parkverbot, bevor er eine der typischen Hamburger Hafenkneipen betrat.

Er sah sich um, schaute auf seine Uhr und stellte fest, daß er zu früh dran war. Kiebaum setzte sich an der Theke auf einen Barhocker.

»Whisky«, sagte er, »on the rocks.«

Der Wirt warf einen kurzen Blick auf Kiebaums Kleidung und wußte, daß er die teure Sorte nehmen durfte.

Er gab Eiswürfel in ein Glas und stellte es vor Kiebaum hin. Der nickte, nahm einen kleinen Schluck und rümpfte die Nase. Er war noch Besseres gewöhnt, aber sein üblicher Stoff war in einer solchen Kneipe natürlich nicht zu haben.

Kiebaum rechnete. Selbst wenn er die Provision für Doris erhöhen mußte, blieben ihm nach Abzug aller sonstigen Kosten pro Mann und Stunde netto mindestens zehn Mark. Bei zehn Mann und nur acht Stunden täglich waren das immerhin achthundert Mark pro Tag – und steuerfrei. Das machten satte sechzehntausend Mark im Monat – zu all dem, was er jetzt schon laufen hatte.

Es wurde wieder einmal Zeit, daß er einen Koffer nach Zürich brachte, einen Koffer voller Geld, und zum Glück auch noch in einer der härtesten Währungen der Welt. Aber vielleicht würde die Schweiz nicht mehr lange ein sicherer Ort für illegale Gewinne sein. Es wurde so mancherlei gemunkelt über neue Bankgesetze in der Schweiz – nun, es gab ja auch noch andere Paradiese, wo man Geld in Sicherheit bringen und sich dabei auch noch unter Palmen sonnen konnte.

Kiebaum nahm einen Schluck von seinem Whisky. Als er das Glas absetzte, sah er einen Mann auf zwei Krücken zur Tür hereinkommen. Kiebaum winkte, und der Mann kam zu ihm. Es war der Halbbruder des Champs, und Kiebaum begrüßte ihn mit den Worten:

»Sie haben sich aber einen schönen Treffpunkt ausgesucht.«

Der Mann zeigte auf sein linkes Auge, das blaurot geschwollen war.

»Das müssen Sie doch einsehen, daß ich so nicht in Ihre piekfeine Bar gehen möchte.«

»Da bleiben Sie lieber in Ihrem Milieu, was?« spottete Kiebaum. »Kellerkind bleibt Kellerkind.«

»Verscheißern kann ich mich alleine.«

»Mensch, Sörmann!« sagte Kiebaum und klopfte seinem Besucher auf die Schulter. »Nicht so empfindlich. Ich brauch' Sie doch!«

Der Wirt erschien und fragte:

»Was darf's sein, Harry?«

»Heute mal nichts, Otto, danke. Ich gehe gleich wieder.«

»Is' gut, Harry«, sagte der Wirt und entfernte sich.

»Also?« fragte Harry. »Was gibt's?«

Kiebaum rückte näher und raunte:

»Wir müssen mal wieder eine Fuhre Kanaken holen.«

»Nicht mit mir«, sagte Harry. »Ich will wenigstens ein gesundes Bein behalten.«

»Na, das war ja wohl Ihr Fehler!«

»Ach? Ist das vielleicht passiert, weil ich stockbesoffen war? War ich ja nicht, ich war stocknüchtern. Es war ein Wettrennen mit der Schmiere, und die ist Sieger geblieben. Ich kann noch von Glück sagen, daß sie das Verfahren gegen mich eingestellt haben. In Anbetracht der Schwere meiner Verletzungen, Herr Kiebaum.«

»Ja, ich weiß ja. Aber diesmal ist es eine ganz einfache Sache. In Amsterdam sitzen ein paar Kanaken, aus Holland ausgewiesen. Ein Geschäftsfreund hat sie vorübergehend aufgenommen. Aber er muß sie loswerden – und wir können sie gebrauchen!«

»Amsterdam«, sagte Harry kopfschüttelnd. »Also Holland. Da geht's ja über eine Grenze!«

»Grenze!« wiederholte Kiebaum. »Wo ist denn da eine Grenze? Mensch, Harry, wir haben doch ein vereintes Europa!«

»Trotzdem«, sagte Harry. »Ich mach's nicht. Aber ich weiß jemand, der es machen wird. Er braucht nämlich Geld . . .«

5

Die Funkleitstelle hatte es ›an alle, an alle‹ durchgegeben, daß ein ausgesetztes Baby in einer Segeltuchtasche gesucht wurde. Es wurde nicht protokolliert, wie viele Segeltuchtaschen in dieser Nacht in Hamburg kontrolliert wurden – das Baby wurde trotzdem nicht gefunden.

Um sieben war Dienstschluß für die Nachtschicht. Ellen Wegener und Richard Block zogen sich um. Als Block sein Hemd zuknüpfte, hörte er Ellens Stimme aus dem Nebenraum:

»Was machen wir denn jetzt?«

»Was wollen Sie denn machen?« fragte Block zurück.

Ellen Wegener war umgezogen und kam nach einem vorsichtig forschenden Blick herüber.

»Das Kind weitersuchen!« sagte sie. »Was denn sonst?«

»Wo wollen Sie denn suchen? Frau Kollegin, Sie haben zuviel Jerry Cotton gelesen. Wir sind hier nicht beim FBI. Bei uns gibt's Gott sei Dank eine Ablösung. Ich gehe frühstücken. Kommen Sie mit?«

»Ich habe keinen Hunger«, murrte Ellen.

»Dann esse ich ihr Frühstück mit«, sagte Block ungerührt. »Wenn Sie es bezahlen.«

Ellen gab sich geschlagen. Als sie das Revier verließen, schien die Sonne. Block schlug ein Gartenrestaurant vor, wo sie im Freien sitzen konnten. Sie waren die ersten, obgleich es kurz nach acht war, als sie an einem der blaulackierten Tische Platz nahmen. Block bestellte zweimal das große Frühstück und ein Bier.

»Bier am frühen Morgen?« fragte Ellen.

»Was heißt früher Morgen? Für mich ist es später Abend«, sagte Block. »Nach dem Frühstück gehe ich nämlich ins Bett.«

Sie erhielten ihr Frühstück, Block bekam sein Bier, und inzwischen hatte sich auch bei Ellen Appetit eingestellt. Sie aßen, hörten den in den Bäumen zwitschernden Vögeln zu, und vorübergehend vergaß Ellen sogar das gesuchte Baby.

Aufmerksam wurde sie, als Block an ihr vorbeischaute und leise sagte:

»Sieh mal an!«

Ellen wandte den Kopf. Am anderen Ende des Gartenlokals hatten eine Frau und ein Mann Platz genommen, und Ellen fragte prompt:

»Eine Bekannte?«

»Zuviel der Ehre«, erwiderte Block. »Ich meine der Kerl. Er heißt Kiebaum und ist angeblich Bauunternehmer. Aber er hat weder einen Bagger noch eine Ramme. Und als Boxveranstalter schiebt er auch eine Pleite nach der anderen. Auf Kosten seiner Fighter. Aber er hat immer die Taschen voller Geld. Wenn die Kripo auf Draht wäre, dürfte der gar nicht frei herumlaufen.«

»Vielleicht tut er das auch nicht mehr lange.«

»Wieso? Kennen Sie ihn auch?«

»Nicht persönlich. Kollege Köhler hat erzählt, daß eine Reinemachefrau bei ihm einen falschen Paß gefunden hat.«

»Das paßt zu ihm«, sagte Block mit Nachdruck. »Damit er sich absetzen kann, wenn ihm hier der Boden unter den Füßen zu heiß wird.«

Er trank den Rest und bestellte ein zweites. Irgendwie hatte Kiebaums Anblick ihnen die Stimmung verdorben. Es war ein paar Minuten nach neun Uhr vormittags, als sie sich voneinander verabschiedeten. Ellen wollte noch ein paar kleine Einkäufe machen und Block sich noch eine Sportzeitung besorgen, bevor sie versuchen wollten, ein paar Stunden zu schlafen, damit sie fit wurden für die nächste Nachtschicht.

Während Block im Sonnenschein und in seinem Räuberzivil dahinschlenderte, fielen ihm die alten Zeiten ein. Es wäre gar nicht vorstellbar gewesen, daß sein Vater nicht in Uniform zum Dienst gegangen und in voller Montur zurückgekommen wäre. Damals war einer noch vierundzwanzig Stunden am Tag Polizist gewesen. Das war man zwar heute theoretisch auch noch, aber eben nur theoretisch. Die Uniform war eine Arbeitskleidung geworden, die man bei Dienstantritt im Revier anlegte und nach Feierabend wieder auszog.

Trauerte er eigentlich den alten Zeiten nach? War er ein Gestriger, dem Wandel veränderter Zeiten nur mühsam Aufgeschlossener?

Block dachte an die Kollegin, an die Kameradin, an die Frau Ellen Wegener. Und er gab vor sich selbst zu, daß er in den letzten Monaten eine ganze Menge Vorurteile gegen Frauen in Polizeiuniform hatte über Bord werfen müssen. Ellen Wegener war genau das, was ein männlicher Kollege auch nicht besser bringen konnte: zuverlässig. Selbstbewußt, ohne dem Bürger gegenüber arrogant oder gar machtbewußt zu wirken. Resolut, wo es geboten war, und verständnisvoll, wo tolerante Menschlichkeit gefragt war.

Nein, es ließ sich nicht leugnen: Die Polizei in Deutschland, also im westlichen Teil Deutschlands, sie hatte ihren Weg zur Demokratie gefunden.

Block lachte plötzlich. Er mußte daran denken, was es vor zwanzig Jahren für Diskussionen gegeben hatte, als die unruhige junge Generation die Straße und das Recht auf öffentliche Demonstration für sich entdeckt hatte. Meine Güte, hatten die Alten gemeckert: Verkehrsbehinderung war noch der kleinste Vorwurf gewesen. Als ob das Recht der Autofahrer eine heilige Kuh, das Recht auf öffentliches Zur-Schau-Stellen politischer Meinungen gar nichts sei.

Der ergraute Polizeihauptmeister Richard Block fing plötzlich an, fröhlich zu pfeifen. Nein, verdammt nochmal: Die Entwicklung in diesem geprüften Land hatte einen guten Weg eingeschlagen. Aus den hörigen Untertanen waren freie Menschen geworden – sogar die, die eine Uniform trugen. ›Bürger in Uniform‹ – das galt nicht nur für die Bundeswehr, es galt für die Polizei mindestens ebenso.

Aber was unterschied dann noch einen Polizisten von einem Nicht-Polizisten? Block brauchte nicht lange zu überlegen: Verantwortungsgefühl für die Allgemeinheit. Und deshalb war man eben doch vierundzwanzig Stunden am Tage Polizist. Oder man würde es nie richtig werden.

Vielleicht war es doch das Bier am frühen Morgen gewesen, das Blocks Gedanken so angeregt hatte. Aber das Unterbewußtsein hatte sich davon nicht irritieren lassen. Als Block wissen wollte, wohin sein zielloser Spaziergang ihn geführt hatte, fand er sich nur wenige Schritte von dem Haus entfernt, in dem der Champ wohnte. Und dessen windiger Halbbruder, der vielleicht seinen kleinen Jungen schlug.

Jetzt könnte ich mir einreden, daß ich nur wegen des Kiosk hierher gegangen bin, dachte er belustigt. Um meine Sportzeitung zu kaufen. Aber so ganz dürfte das wohl nicht stimmen.

Er betrat den Laden und geriet unversehens in ein Gespräch über die Traber-Saison. Er hatte nun einmal eine Schwäche für Pferde. Und wieder einmal fand er bestätigt, was ihm schon so oft aufgefallen war: Eher kann man sich über das Wetter von morgen einig werden als über die Chancen von Pferden.

Block wollte den Zeitungsladen verlassen, da sah er draußen einen amerikanischen Straßenkreuzer vorfahren. Das Kennzeichen sprang ihm förmlich in die Augen: HH-KI 1. Und der ausstieg, das war natürlich Kiebaum. Das Schicksal schien Block an diesem Tage diesen widerlichen Kerl als ständige Herausforderung zu servieren. Was hatte Kiebaum in dieser Gegend zu tun? Block blieb in der offenstehenden Ladentür stehen und sah Kiebaum nach. Der betrat das Haus, in dem der Champ wohnte. Block holte tief Luft. Jetzt wollte er es wissen.

Er ließ zwei oder drei Minuten verstreichen, dann betrat auch er das alte Mietshaus. Er stieg die Treppe hinauf und klingelte zweimal, wie es auf dem Schildchen des Champs angegeben war. Er war gespannt, was Kiebaum beim Champ wollte. Mit dem Boxen konnte es nichts zu tun haben. Ein Mann wie Kiebaum suchte einen abgetakelten Boxer nicht zu Hause auf.

Der Champ öffnete, freute sich ehrlich und führte Block in sein Zimmer. Keine Spur von Kiebaum. Block war erleichtert.

Er mochte diesen schwergewichtigen Gefühlsmenschen, seit er ihn als halbes Kind im Polizeisportverein kennengelernt hatte.

Sie unterhielten sich eine Weile übers Boxen. Der Champ sprach von seinen vergangenen Hoffnungen, die er einmal gehegt hatte: Deutscher Meister, Europameister, gar Weltmeister – vorbei. Aus und vorbei.

»Warum bist du es nicht geworden?« fragte Block.

Der Champ holte sich eine neue Flasche Bier aus dem kleinen Kühlschrank neben der Tür. Er ließ sich in seinen Sessel fallen, zuckte mit den Achseln und meinte:

»Vielleicht habe ich nicht hart genug trainiert. Ich wollte ja immer auch ein bißchen leben. Oder vielleicht war von Anfang an nicht genug in mir drin. Vielleicht haben sie mich auch nicht hochkommen lassen – was weiß ich.«

»Muß ja noch nicht zu spät sein«, meinte Block. »Aber du solltest dich vielleicht von diesem Scheiß-Kiebaum lösen.«

»Was meinst du, woran ich dauernd denke?« fragte der Champ.

»Schön«, lobte Block. »Aber solchen Blödsinn wie gestern abend darfst du dir auch nicht wieder erlauben!«

»Das war doch nur wegen Fredchen! Ich mag den Jungen.«

»Da sind wir ja beim Thema. Sag mal – wird der Junge eigentlich mißhandelt?«

»Mißhandelt!« wiederholte der Champ. »Was ihr bei der Schmiere immer für Ausdrücke habt!«

»Also wird er nun, oder wird er nicht?«

»Auf den Jungen passe ich schon auf!« versicherte der Champ.

»Gut«, sagte Block und ging zur Tür. »Und ich passe in Zukunft besser auf dich auf. Ich will nicht, daß du vor die Hunde gehst, weil du einem windigen Halbbruder die Fresse polieren und einem noch windigeren Kiebaum hinten reinkriechen mußt. Mach's gut, Champ.«

»Bleib auf der Matte«, sagte der Champ und trank Bier.

Block verließ die Wohnung und stieg die Stufen hinab. Über ihm ging irgendwo eine Tür, und zwei Männerstimmen wurden vernehmbar. Block stutzte erst, als er die Stimme des Halbbruders vom Champ erkannte:

»Was heißt Charakter, Herr Kiebaum? Er ist pleite, er braucht dringend Geld. Da kann er sich Charakter nicht leisten.«

Richard Block stieg leise zwei weitere Stufen hinab, blieb stehen und schaute durch das Treppengeländer nach oben.

Kiebaum und Roberts Halbbruder kamen herunter und blieben vor der Wohnungstür stehen, aus der Block vor einer Minute gekommen war. Der Bruder klingelte zweimal. Der Champ öffnete und fragte:

»Was willst du?«

»Du kennst doch Herrn Kiebaum, Robert.«

»Und?«

»Wir haben mit dir zu reden. Geschäftlich.«

»Über was?«

»Mann, doch nicht hier auf der Treppe.«

Der Champ zögerte einen Augenblick, bevor er die Tür freigab.

»Na schön. Dann kommt rein.«

Die Wohnungstür schloß sich hinter ihnen. Block stieg weiter die Treppe hinab, da gab es schon die nächste Überraschung. Er hörte hinter sich im Treppenhaus die Stimme von Ellen Wegener.

». . . Danke auch, Frau Berger. Auf Wiedersehen.«

»Wiedersehen, Fräulein Wegener«, sagte die alte Dame, die bei dem Krach im Treppenhaus gestern abend das Revier angerufen hatte.

Block blieb stehen, bis Ellen Wegener bei ihm angekommen war.

»Nanu!« rief sie überrascht. »Was machen Sie denn hier?«

»Ich war beim Champ«, sagte Block. »Und Sie?«

»Ich war bei der alten Dame, die uns gestern angerufen hat. Ich wollte wissen, ob sie schon öfter Hilferufe eines Kindes gehört hat.«

»Und hat sie?«

»Das konnte ich nicht genau in Erfahrung bringen. Die alte Dame ist ein bißchen tüttelig.«

»Dann ist sie nicht die einzige, die in diesem Hause ein bißchen spinnt«, sagte Block und dachte:

Verdammt, auf was für Geschäfte mit diesem Kiebaum läßt sich der Champ da bloß ein?

Am Abend dieses Tages stand Doris punkt acht Uhr vor ihrer Bar und wartete auf den angekündigten Bus mit einem Kegelclub aus der Provinz. Aber statt des Reisebusses hielt ein Taxi vor ihren Füßen.

Doris beugte sich ein wenig vor, als sie den Fahrgast erkannte. Der Halbbruder des Champs reichte Geld über die Rückenlehne nach vorn.

»Harry!« sagte Doris überrascht. »Was machen Sie denn hier?«

Harry griff nach seinen Krücken und stieg aus.

»Ich bin mit Kiebaum verabredet«, erwiderte er.

»Herr Kiebaum«, verbesserte Doris. »Soviel Zeit muß sein. Aber ich denke, Sie sind in Holland und holen uns eine neue Lieferung?«

»Soll ich vielleicht mit Krücken einen Lastwagen fahren?«

»Tja – aber – wer macht es denn jetzt?«

»Mein Bruder«, sagte Harry leichthin.

»Ihr Bruder? Und Sie glauben, der ist zuverlässig?«

»Wenn ich glaube, gehe ich in die Kirche. Hauptsache mein Bruder glaubt, daß er eine Fuhre Video-Kassetten am Zoll vorbeibringen soll.«

»Ach«, sagte Doris. »So einfach ist das?«

»Ja, so einfach ist das«, bestätigte der Halbbruder des Champs. »Man muß nur einen Bruder haben, der Geld braucht und ein zu Matsch geschlagenes Hirn hat. Dann läuft alles bestens . . .«

6

Die Sensation auf Revier 14 war perfekt: Ein Pfarrer hat das gesuchte Baby in einer Segeltuchtasche gebracht. Die Kolleginnen und Kollegen standen in und vor Bogners Zimmer herum, als hätten sie noch nie ein Baby gesehen.

»Es scheint sich um ein ausgesetztes Kind zu handeln«, sagte der Pfarrer.

»Es scheint«, murmelte Ellen.

»Ein älteres Ehepaar hat die Tasche mit dem Kind gestern abend auf einem U-Bahnhof gefunden.«

»U-Bahnhof Sankt Pauli«, sagte Block.

»Richtig, da war es«, bestätigte der Pfarrer. »Sie haben das Kind mit nach Hause genommen und in jeder Hinsicht vorbildlich versorgt. Heute vormittag haben sie es zum Pfarrhaus gebracht, aber da war ich schon wieder außer Haus. Deshalb kann ich es Ihnen erst jetzt bringen.«

»Schön«, sagte Bogner. »Aber ein einziger Anruf hätte uns eine Menge Aufregung und Arbeit erspart.«

»Soll ich meinen Gemeindemitgliedern einen Vorwurf daraus machen, daß sie sich lieber an ihren Pfarrer als an die Polizei wenden?«

»Nein, Herr Pfarrer«, sagte Bogner, »das können wir wohl kaum von ihnen erwarten.«

Er bedankte sich noch einmal, der Pfarrer verließ das Revier, und die von Bogner angeforderte Sozialarbeiterin zog sich mit dem Kind in eins der hinteren Zimmer zurück.

Endlich traf auch der Dolmetscher ein.

»Guten Abend, Herr Dr. Kandume«, begrüßte Bogner ihn.

»Guten Abend. Was kann ich heute für Sie tun?«

»Das Baby ist gebracht worden: das Baby der Familie Obuko. Aber Sie wissen doch, wie das bei der Polizei ist. Die Familie Obuko muß das Kind offiziell als ihres identifizieren.«

»Ja, natürlich.«

»Bitte, nehmen Sie doch Platz. Neithardt, holst du mal die Obukos und die Sozialarbeiterin mit dem Kind?«

»Schon unterwegs, Boss«, sagte Köhler.

Block hatte die Dienstmütze aufgesetzt und lehnte am Tresen im Wachraum. Es wurde Zeit für die Routinerunde auf vierzehn/zwei, aber er sagte nichts. Denn Ellen Wegener drückte sich vor Bogners Zimmer herum und wollte offenbar die Wiedersehensfreude der Eltern noch miterleben.

Laut wurde es, und zwar beträchtlich und für eine ganze Weile, aber nach Freude sah das nicht aus. Der Dolmetscher und der Ehemann mußten geduldig auf die kreischende Mutter einreden, bevor die Ursache des Lärm zu erfahren war.

Nun spitzte auch Block die Ohren. Der Dolmetscher trat auf Bogner zu und sagte:

»Tut mir leid. Die Obukos behaupten: Das ist nicht ihr Baby.«

Für ein paar Sekunden war es sehr still im 14. Revier. Dann zupfte Block seine Kollegin am Ärmel. Sie wollten hinausgehen zu ihrem Streifenwagen, aber ein Mann um die Fünfzig kam herein und wandte sich gleich an Block.

»Entschuldigen Sie, hätten Sie mal eine Minute Zeit?«

Es war ihre Aufgabe, für die Bürger dazusein, ob nun im Revier oder im Streifenwagen, und deshalb nickte Block.

»Tja, also das ist so«, fing ihr Besucher an: »Ich habe nämlich eine Kneipe. Aber jetzt habe ich mal vierzehn Tage so richtig ausgespannt, und in der Zeit hat meine Freundin den Laden gemacht, verstehen Sie?«

»Das verstehe ich«, sagte Block. »Und?«

»Tja.« Ihr etwas betulicher Besucher zog einen Zettel aus seiner Rocktasche und setzte eine Lesebrille auf. »Habt ihr hier einen, der Block heißt?« fragte er.

Ellen trat interessiert näher. Block stutzte, wandte sich nach rechts und rief zur offenen Glastür hin:

»Rolf, haben wir hier einen, der Block heißt?«

Bogner kam aus seinem Dienstzimmer, musterte den Besucher und erwiderte vage:

»Ja, ich glaube schon. Warum?«

Der Gastwirt wiederholte, daß er Urlaub gemacht und seine Freundin sich inzwischen um die Kneipe gekümmert habe.

»Und da hat einer bei ihr anschreiben lassen. Er hat gesagt, daß er Block heißt und hier vom Revier sei.«

»Wie sah denn dieser Kerl aus?« fragte Block.

»Och, das soll man so ein schmächtiges Kerlchen gewesen sein, man bloß so groß und mit braunen Haaren.« Der Gastwirt zeigte eine Körpergröße an, die sogar Ellen Wegener mühelos überbot, und er fuhr fort: »Ich habe mich schon gewundert, daß sowas heute bei der Polizei sein darf. Aber ihr nehmt heutzutage ja wohl alles, nicht?«

»Ja, sogar Frauen«, rutschte es Ellen heraus.

Der Gastwirt lachte verlegen. Aber Block fand es nicht mehr lustig. Er legte geräuschvoll seinen Dienstausweis auf den Tresen.

»Ich bin Block«, sagte er energisch. »Bin ich klein? Bin ich schmächtig? Habe ich braune Haare?«

»Nee, das kann man ja nun nich' gerade sagen. Aber wer ist denn dann dieser Mümmelmann?«

»Das möchte ich auch gern wissen«, meinte Block, indem er dem Gastwirt seine Visitenkarte in die Hand drückte. »Sobald der wieder bei Ihnen auftaucht, rufen Sie mich an. Aber nicht vergessen!«

»Nee, bestimmt nicht«, versprach der Wirt. »Wo kommen wir denn da hin, wenn heute jeder behaupten kann, daß er bei der Polizei ist? Da kann ich ja gleich aus meiner Kneipe ein Kreditinstitut machen . . .«

Kopfschüttelnd verließ er das Revier. Block und Ellen gingen hinter ihm her, um ihre Streife abzufahren. Es war die übliche Routine, und sie hielten wie gewohnt Ausschau nach Auffälligkeiten, was keinen daran hinderte, seinen Gedanken nachzuhängen. Ellen dachte wieder an die rätselhafte Geschichte mit dem Baby.

»Das ist doch nicht zu fassen«, murmelte sie.

»Ich bin völlig Ihrer Meinung«, sagte Block.

»Irgendwas durchschauen wir da nicht richtig.«

»Vielleicht ist es ganz einfach«, sagte Block.

»Wie einfach?«

»Da will mir einer eins auswischen und zischt seine Bierchen auf meine Rechnung. Denkt er jedenfalls.«

»Ach, daran habe ich doch nicht gedacht. Ich meinte etwas anderes.«

»Das mit dem Kind?« fragte Block.

»Ja, natürlich. In was für einem Land leben wir eigentlich? Wie viele Kinder werden denn bei uns täglich ausgesetzt?«

»Jedenfalls nicht so viele, daß zufällig am selben Tag in derselben Stadt und zur selben Stunde dieselbe Hautfarbe gleich zweimal an der Reihe wäre«, sagte Block entschieden. »Ich glaub's ihnen nicht.«

»Was glauben Sie nicht?«

»Daß dieses Baby nicht ihr Kind ist.«

»Aber warum sollten sie es dann verleugnen?« fragte Ellen.

»Das ist die große Preisfrage«, gab Block zu.

Ellen grübelte, aber sie konnte keinen vernünftigen Grund finden, der eine junge Mutter dazu hätte verleiten können, ihr Baby zu verleugnen. Bei aller Phantasie war sie doch so an ihre Lebensumstände gewöhnt, daß ihr eine ganz einfache Erklärung nicht in den Sinn kam.

Sie schreckte aus ihrem dumpfen Grübeln auf, als Block den Streifenwagen in einer Tiefgarage anhielt.

»Wo sind wir denn hier?« fragte sie.

Block zeigte auf eine Metalltür, neben der groß BOXSCHULE an der Wand stand.

»Was machen wir denn hier?« fragte Ellen.

»Ich will nur mal nach dem Champ sehen«, sagte Block.

»Mitten im Dienst?« rutschte es Ellen heraus.

»Wenn wir uns jetzt nicht um ihn kümmern, Frau Kollegin«, erwiderte Block, »werden wir womöglich bald etliche Dienststunden seinetwegen mehr aufwenden müssen. Falls er nämlich auf die schiefe Bahn geraten sollte. In der richtigen Gesellschaft dafür ist er schon. Ich bin gleich wieder da. Oder wollen Sie mitkommen?«

Ellen zeigte auf das Sprechfunkgerät.

»Wenn wir uns schon nicht abmelden«, sagte sie, »dann ist es vielleicht ratsam, wenn einer am Funkgerät bleibt.«

Block war schon ausgestiegen, aber er drehte sich um.

»Das nächste Frühstück geht auf meine Rechnung«, versprach er und verschwand hinter der Metalltür.

Es dauerte kaum drei Minuten, bis er wieder auftauchte und sich wütend ans Steuer setzte.

»Ich hab's doch gerochen!«

»Was?«

»Der Champ ist nicht da.«

»Muß er denn jeden Abend hier sein? Ich meine, selbst ein Boxer könnte doch mal andere Interessen haben?«

»Ich will es hoffen«, sagte Block düster. »Aber ich glaube nicht, daß er ins Kino gegangen ist oder sonstwas Harmloses tut. Dieser verdammte Kiebaum war bei ihm . . .«

Der Champ hatte sich genau an die Anweisungen gehalten. An der vereinbarten Straßenkreuzung hatte er geduldig gewartet, bis ein Lastzug angehalten und der Fahrer ihn auf Holländisch gefragt hatte, ob er der Mann aus Hamburg sein.

»Ja, Altona«, hatte er erwidert.

Daraufhin war der Holländer ausgestiegen und hatte

ihm eine Straßenkarte mit der eingezeichneten Route in die Hand gedrückt und ihm erklärt, das Ganze sei eine Kleinigkeit, und er brauche nur darauf zu achten, daß er vor Einbruch der Dunkelheit die Grenze an der markierten Stelle überquert habe. Dann könne gar nichts passieren.

»Schön«, hatte der Champ erwidert. »Und was ist da drin?«

Er hatte auf den Laster gezeigt. Aber auf einmal verstand der Holländer kein Deutsch mehr, sondern holte sein Fahrrad aus einem Straßengraben neben einem blühenden Rapsfeld und strampelte davon.

Seither waren Stunden vergangen, der Champ hatte an der richtigen Stelle die Grenze überquert, und es war tatsächlich nichts passiert.

Zweitausend Mark, dachte der Champ zufrieden. Zwei Riesen von fünf. Jetzt brauche ich nur noch drei, und ich kann Kiebaum seine gestellten Kämpfe selber machen lassen.

Natürlich war mit dieser Fuhre nicht alles astrein. Darüber gab er sich keinen Illusionen hin. Aber was war schon dabei, wenn man ein paar Videokassetten in einem ohnehin zusammenwachsenden Europa von einem Nachbarland ins andere brachte? Gut, wahrscheinlich waren es Pornos, die wurden ja in den zahllosen Sex-Schuppen auf und um Sankt Pauli reichlich gebraucht. Aber was ging es eigentlich irgendeinen Staatsanwalt oder einen verklemmten Politiker an, was für Filme sich erwachsene Menschen ansehen wollten? Die sollten sich um das kümmern, was wirklich bitter notwendig war, statt ihre Schnüffelnasen in die privaten Angelegenheiten erwachsener Bürger zu stecken.

Nein, es gab schwerwiegenderen Grund, sich Gedanken zu machen. Der Champ hatte das Autoradio eingeschaltet und pfiff bekannte Melodien leise mit.

Und dann rumpelte es plötzlich hinter ihm.

Um Haaresbreite wäre er von der Straße abgekommen. Er korrigierte schnell das Steuer und lauschte nach hinten.

Kein Zweifel: Aus dem Ladekasten trommelte jemand mit Fäusten gegen die Trennwand zum Führerhaus. War da etwa ein blinder Passagier zwischen den Videokassetten?

Der Champ fand einen Feldweg, der auf einen kleinen See zuführte. Er bog ab, ließ den Wagen ausrollen und lief nach hinten. Er riß die Ladetür auf.

Sie quollen ihm förmlich entgegen: dunkelhäutige, in fremder Sprache rufende Männer, die es verdammt eilig hatten, ihre Blasen zu leeren.

Der Champ begriff. Natürlich. So machte ein Kerl wie Kiebaum Geld. Auf den Knochen moderner Sklaven. Und er, der Champ, karrte ihm die armen Schweine noch zu wie ein moderner Sklavenfänger. Für lächerliche, schäbige zwei Riesen . . .

7

Die Information hatte Bogner selbst über Funk an Vierzehn/zwei durchgegeben.

»Jetzt bin ich aber gespannt!« hatte Block gesagt.

»Ehrlich gesagt: ich auch«, hatte Ellen gemeint.

Dann waren sie durch die abendlichen Straßen von Hamburg gefahren, und jeder hatte sich so seine Vorstellung gemacht, aber sie reichte bei beiden nicht an die Wirklichkeit heran.

Als sie die Kneipe betraten, zeigte der Wirt auf ein Männchen, das vor ihm an der Theke saß und mit einem Bierdeckel Greifen spielte. Es war klein, es war schmächtig, es hatte schütteres braunes Haar, und es mochte irgendwo um fünfundfünfzig sein.

Sie traten leise von hinten an das Männchen heran.

»Guten Abend, Herr Kollege«, sagte Block.

Das Männchen sah sich um, sah die Polizeiuniform, erschrak und rutschte schnell vom Hocker.

»Aber, Herr Block!« tadelte Block. »Warum denn so hastig, nur weil man ein paar Kollegen vom Revier trifft?«

Der Wirt putzte Gläser und schaute interessiert zu. Das Männchen machte ein unglückliches Gesicht, kletterte wieder auf den Barhocker und gab zu:

»Ich heiße gar nicht Block. Das habe ich nur gesagt, weil ich dem eins auswischen wollte. Das ist nämlich ein ganz Scharfer!«

»Ach ja«, sagte Ellen und bedachte Block mit einem belustigten Blick.

»Ach ja!« bestätigte das Männchen. »Läßt der meinem Kumpel sein Auto einfach abschleppen! Wissen Sie, was das heute kostet, wenn so ein Auto abgeschleppt wird?«

»Das Auto stand nicht zufällig in einem Park- oder Halteverbot?« fragte Ellen.

»Na ja, es stand vor einem Hydranten«, gab das Männchen zu. Aber muß man es deshalb gleich abschleppen lassen?«

»Vor einem Hydranten«, wiederholte Ellen und nickte. »Ja, das muß man. Aber wenn Sie mal darüber nachdenken, werden Sie es selber einsehen.«

»Na ja, es war sowieso eine Schnapsidee«, räumte das Männchen ein. »Es war eben – an dem Tage hatte ich eine Wut auf alles und jedes.«

»Warum denn?« erkundigte sich Block.

Das Männchen starrte düster in sein Bierglas.

»Ich hatte an dem Tag meine letzte Arbeitslosenhilfe erhalten. Na, da war ja nur klar, daß ich in Zukunft aufs Sozialamt angewiesen sein würde. Ich und Sozialamt!

Ich habe mein Leben lang kein Sozialamt gebraucht.«

Block betrachtete ihn und trat an die Theke.

»Herr Wirt«, sagte er, »wie hoch ist sein Zettel?«

»Achtunddreißig Mark zwanzig.«

Block legte zwei Zwanzig-Mark-Scheine auf die Theke, zog eine Visitenkarte und erkundigte sich:

»Können Sie tapezieren?«

»Na, hören Sie mal!« rief das Männchen. »Ich bin gelernter Malermeister.«

»Dann melden Sie sich mal bei mir«, sagte Block und schob seine Karte hin. »Meine Bude müßte schon lange renoviert werden. Aber ich komme einfach nicht dazu. Über den Preis werden wir uns schon einig.«

»Bestimmt, Herr -«, sagte das Männchen freudig und schaute auf die Visitenkarte. Sein Gesicht zeigte die Überraschung: »Sie – sie sind Herr Block?«

»Bin ich. Vergessen Sie es nicht.« Block dämpfte seine Stimme und machte eine Kopfbewegung in die Richtung, wo Ellen stand. »Sonst übergebe ich die ganze Sache offiziell an meine Kollegin. Und das ist eine ganz scharfe . . .«

Ellen räusperte sich und folgte Block zur Tür. Dabei überlegte sie, wie sie wohl gehen müßte, damit man ihr die ganz scharfe Polizistin glaubte. Aber auf der Polizeischule hatte ihr das niemand erklärt.

»Sie sind vielleicht einer«, sagte sie, als sie in den Streifenwagen stieg.

»Was denn für einer?« fragte Block und startete.

»Ein Polizist«, sagte Ellen zufrieden, »Sie sind ein Polizist, wie ich ihn mir vorgestellt habe.«

»Dann wird's aber Zeit, daß ich mich ändere«, knurrte Block, der um Himmels willen nicht ertragen konnte, wenn man ihn lobte.

»Oder so«, sagte Ellen und grinste fröhlich.

Ihr Frohsinn steigerte sich noch, als sie ins Revier zurückgekommen waren. Ein Telefon klingelte, und da

Ellen zufällig neben dem Apparat stand, nahm sie das Gespräch an. Als sie den Hörer auflegte und sich den Kollegen zuwandte, spürten plötzlich alle, daß sie etwas Wichtiges mitzuteilen hatte. Alle schauten gespannt zu ihr.

»Die Sache mit dem Baby ist geklärt«, sagte Ellen. »Die Obukos haben endlich zugegeben, daß es ihr Kind ist.«

Ein erleichtertes Raunen ging durch das Zimmer. Und Bogner fragte:

»Ja, aber, warum haben sie es dann verleugnet?«

»Weil sie wußten, daß sie ausgewiesen werden. Sie haben bei der Kripo zu Protokoll gegeben: . . .«

Ellen mußte eine Pause machen, holte Luft und beendete leise ihren Bericht:

». . . zu Protokoll gegeben: In Deutschland würde das Kind wenigstens nicht verhungern . . .«

Der Champ hielt den Lastwagen vor einer Kneipe in den Außenbezirken an. Er zog den Zündschlüssel ab, verschloß das Führerhaus und vergewisserte sich, daß niemand den Laderaum aufmachen konnte.

Dann betrat er die Kneipe und ging zur Theke.

»Kann ich mal telefonieren?« fragte er.

»Bitte sehr«, sagte die Wirtin und schob ihm den Apparat hin.

Der Champ kramte die Visitenkarte hervor und wählte. Als sich der Teilnehmer gemeldet hatte, sagte er:

»Ich möchte Herrn Block sprechen. Es ist dringend.«

Ellen Wegener nahm das Telefon vom Schreibtisch, stellte es auf den Tresen und hielt Block den Hörer hin.

»Für Sie!« sagte sie und beobachtete ihn aufmerksam, denn sie hatte die Stimme des Anrufers erkannt.

»Mensch, Robert«, sagte Block. »Was ist los?«

Sein Gesicht veränderte sich. Ellen kannte diesen Ausdruck inzwischen. Sie schlüpfte in ihre Lederjacke und setzte die Mütze auf.

»Großartig, Robert«, lobte Block. »Das hast du fein gemacht. Natürlich kommen wir. Wir können doch nicht fliegen! In zehn Minuten sind wir da.«

Er warf den Hörer auf die Gabel und rief:

»Frau Wegener!«

»Hier!« rief Ellen, denn sie stand schon in der Tür.

Die ersten Minuten brauste Block ›mit Musik‹ durch das nächtliche Hamburg, dann schaltete er sie aus. Inzwischen hatte er Ellen alles Nötige erklärt. Zuletzt fuhr er mit Standlicht über einen Platz, an dem einige Lagerhallen standen.

Er stellte den Wagen im Schatten eines großen Schuppens ab und schaltete das Licht aus.

»Das habe ich mir immer gewünscht«, sagte er leise.

»Was?« fragte Ellen.

»Daß man mal einem Drahtzieher begegnet und nicht immer nur den Handlangern.«

»Sind Sie sicher, daß es hier ist?« fragte Ellen.

»Der Champ hat es genau beschrieben. Das hätten sogar Sie gefunden.«

Sein Tonfall verriet, wie es gemeint war.

»Danke!« sagte Ellen mit der Betonung auf der zweiten Silbe.

»Bitte.«

Sie schwiegen und warteten. Nach einiger Zeit kam von der Zufahrtsstraße ein Laster heran. Er fuhr auf eine der Lagerhallen zu.

Dort war es bis zu diesem Augenblick still gewesen, aber jetzt wurde das große Tor geöffnet. Der Laster fuhr in die Halle, und das Tor wurde wieder geschlossen.

»Kommen Sie«, raunte Block.

Sie stiegen aus und drückten die Wagentüren unhörbar zu. Auf leisen Sohlen schlichen sie hinüber zu der Halle. Hinter einem großen Milchglasfenster brannte Licht, und ein Fensterflügel stand offen.

»Sie bleiben am Wagen und decken meinen glorreichen Rückzug«, sagte Block leise. »Wenn ich in fünfzehn Minuten nicht zurück bin, rufen Sie das Revier an. – – Aber ich werde zurück sein.«

Er kletterte leise durch das Fenster. Drinnen duckte er sich und verschaffte sich einen Überblick. Ein paar Lastzüge standen weiter vorn, und hier hinten befanden sich etliche große Kisten. Aber von vorn, wo der Lichtschein herkam, war Stimmengemurmel zu hören.

Block zog die SigSauer aus der Halfter und entsicherte sie. Geduckt schlich er hinter den Kisten entlang, bis er die Lage einigermaßen überschauen konnte. Vor dem Lastwagen, der gerade gekommen war, standen dunkelhäutige, ängstlich wirkende Männer. In ihrer Nähe saß der Halbbruder des Champs auf einem alten Holzstuhl und hielt seine Krücken.

»Mensch, wir dachten schon, dich hätten sie geschnappt«, sagte er gerade.

Der Champ und Kiebaum waren an einen Tisch getreten, über dem eine nackte Glühbirne von der hohen Decke herabhing. Kiebaum begann, Geld auf den Tisch zu zählen.

Block schlich geduckt von hinten auf den Stuhl zu und drückte dem Halbbruder des Champs die Pistolenmündung in die Seite:

»Ganz ruhig«, warnte er leise. »Dann haben Sie die Chance, Kiebaum im Knast zu besuchen. Und jetzt rufen Sie ihn her.«

Der Aufgeforderte schluckte hörbar, dann rief er:

»Kiebaum!« Er machte eine Pause und rief noch lauter: »Achtung, Polizei!«

Kiebaum begriff sofort.

»Du Schwein!« sagte er zum Champ. »Du hast uns verpfiffen!«

Mit einem lässigen Griff warf der Champ den Tisch zur Seite.

»Du verkaufst keinen mehr, du Verbrecher!« sagte er und setzte eine gestochene Gerade in Kiebaums Brustgrube. Den hätte ein Blitzschlag nicht schneller von den Füßen holen können.

»Eine weltmeisterliche Leistung, Robert!« lobte Block und steckte seine Pistole ein. Er zog Kiebaum hoch. »Zu Ihnen habe ich nichts zu sagen. Das wird der Staatsanwalt übernehmen. Paragraph 234: Menschenraub, wird mit Freiheitsentzug nicht unter einem Jahr bestraft ...«

Etwa um diese Zeit zeigte der Kriminalbeamte Lang auf ein paar Geldscheine, die vor ihm auf dem Schreibtisch lagen.

»Und wo hat er das Geld her?« fragte er.

Dr. Kandume wandte sich an Herrn Obuko. Lang hörte interessiert zu, aber da war keine Ähnlichkeit mit irgendeiner Sprache, von der Lang auch nur ein paar Wörter sprach. Schließlich erklärte der Dolmetscher:

»Herr Obuko hat das Geld verdient. Er hat gearbeitet. Das ist ja der Grund, für seine Ausweisung: Man hat ihn bei der Schwarzarbeit erwischt.«

»Aber der Namen der Firma, die ihn ohne Papiere beschäftigt hat, den weiß er natürlich nicht«, sagte Lang ironisch.

Wieder gab es ein Zwiegespräch zwischen Dolmetscher und Obuko, bis die Erklärung folgte:

»Von einer Firma war nie die Rede. Aber jeden Abend hat ein Mann den Arbeitern den Tageslohn in bar ausgezahlt. Herr Obuko hat sich die Nummer von seinem Auto gemerkt: HH-KI 1.«

»Na, das werden wir gleich haben«, sagte Lang

selbstsicher, ließ sich mit der Zulassungsstelle verbinden und stellte seine Frage. »Ein gewisser Kiebaum«, sagte er, als er den Hörer auflegte. »Den Namen habe ich schon in Verbindung mit einem gefälschten Paß gehört. Na, dann wollen wir mal die Kollegen von der Schutzpolizei mobilma –«

Er brach ab, denn sein Telefon klingelte. Er nahm den Hörer, nannte seinen Namen und lauschte.

»Herr Block!« rief er süffisant. »Ich wollte Sie gerade anrufen – – was? Wen haben Sie festgenommen?«

Dem Kriminalbeamten Lang rutschte fast der Telefonhörer aus der Hand, als er hörte, wen sein alter Rivale Block von der Schutzpolizei gerade festgenommen hatte.

»Ich weiß nicht, ich weiß nicht«, sagte Köhler und schüttelte den Kopf. »Ich finde, ihr hättet eingreifen müssen.«

»Als der Champ ihn auf die Bretter schickte?« fragte Block und riß das Blatt des abgelaufenen Tages vom Wandkalender.

»Ja, natürlich. Es war unmoralisch, dabei zuzuschauen.«

»Unmoralisch?« fragte Block. »Na, dann hören Sie mal, was Hemingway dazu sagt.«

»Hemingway?« warf Ellen Wegener ein. »Sie kennen Hemingway?«

»Ich nicht«, gab Block zu. »Aber die Kalendermacher. Also, hört mal zu, was Hemingway zu dem Thema gesagt hat: Moralisch ist, wonach man sich gut fühlt, und unmoralisch ist, wonach man sich schlecht fühlt.«

»Und wie hast du dich gefühlt?« wollte Bogner wissen.

»Als er Kiebaum traf? Pudelwohl. Ich habe nur die Sorge, daß er sich jetzt wirklich für einen Champion hält, weil er zum erstenmal wirklich einen auf die Bretter geschickt hat.«

Die anderen lachten. Als ein Telefon auf einem der Schreibtische klingelte, bat Bogner:

»Gehn Sie mal ran, Frau Wegener?«

Ellen nahm den Hörer. Die anderen unterhielten sich weiter über Kiebaums Festnahme und die Aussichten für eine Verurteilung, bis Ellen sie ansprach.

»Hört mal zu«, sagte sie. »Die Obukos dürfen vorläufig bleiben. Die Staatsanwaltschaft braucht sie als Zeugen gegen Kiebaum. Sie braucht sie –«

Ellen sah sich um.

»Und sonst braucht sie niemand?« fragte sie.

Die Männer wichen ihrem forschenden Blick aus. Eine Antwort wußte offenbar keiner.

Nachspiel

Sie saßen an der Theke. Ellen starrte in ihr Glas Mineralwasser, und Block rührte in seinem Kaffee.

»Mit euren Gesichtern verhagelt ihr einem das Geschäft«, murrte der Wirt.

Sie schienen es nicht einmal zu hören. Aber dann ertönte eine laute Stimme hinter ihnen:

»Gewonnen! Gewonnen!«

Block Nr. 2 tauchte zwischen ihnen auf und schaufelte aus beiden Händen Silbergeld vor sich auf den Tisch.

»Welchen Automaten haben Sie denn geknackt?«

»Geknackt? Ehrlich geplündert! Viermal die große Serie! Was möchten Sie trinken, schöne Polizistin? Herr Polizeipräsident?«

»Noch ein Soda«, sagte Ellen.

»Ich bin ganz verrückt auf eine richtig Scharfe«, raunte er Block ins Ohr.

»Was hat er gesagt?« fragte Ellen.

»Das er Frauen bei der Polizei nicht ausstehen kann«, erklärte Block.

Ellen bedachte das strahlende Männchen mit einem kalten, prüfenden Blick.

»So?« fragte sie und wandte sich energisch um: »Herr Wirt, eine Pulle Schampus!«

Fahrerflucht

1

Er sah ja vielleicht ganz niedlich aus, der kleine Rudeck mit dem blonden Wuschelkopf, und wenn er in den heimatlichen Dialekt verfiel, machte sein charmantes Wienerisch auf manche Hamburger Deern auch einen gewissen Eindruck – aber das änderte alles nichts daran, daß er der geborene Verlierer war, oder, wie das heutzutage auf Neudeutsch hieß: der geborene Looser.

Was hatte er in seinem jungen Leben nicht schon alles versucht! Aber was es auch gewesen war – es hatte immer mit einer Pleite geendet. Ganz im Gegensatz zu seiner älteren Schwester. Die hatte sich einen vermögenden Juwelier geangelt, hanseatisch ordentlich geheiratet, und nun verbrachte sie ihre Tage mit der anstrengenden Aufgabe, stets eine Dame zu sein.

Rudeck sah sich in dem Chaos um, das rings um ihn herrschte. Das war der letzte Versuch: die Eröffnung einer Kunstgalerie, moderne österreichische Kunst in Hamburg. Verdammt nochmal, hier saß doch genug Geld, diesmal mußte es einfach klappen. Denn, das war mal sicher; einen neuerlichen Anfang würde es nicht mehr geben. Sein Kredit war in jeglicher Hinsicht aufgebraucht bis ans Ende seiner Tage. Das mußte dieser verdammte Idiot doch verstehen.

Rudeck hatte mit Engelszungen auf Egon Kaiser eingeredet. Kaiser lehnte arrogant und selbstbewußt in einem Türrahmen. Er trug einen dicken Wildledermantel mit falschem Pelz, hatte die Hände in den Manteltaschen und rief stur:

»Ich sage dir: Jetzt ist Schluß!«

Mußte der Idiot so brüllen? Ein Glück, daß die Galerie

noch geschlossen war, Eröffnung war ja erst heute abend, aber die Schwester hatte es natürlich gehört und kam aus dem Büro, elegant gekleidet, gerade so viel Schmuck, daß Wohlstand sichtbar wurde, ohne aufdringlich zu wirken, und in ihrer unnachahmlichen Kühle zeigte sie ihre Empörung über die Lautstärke.

Aber Rudeck hatte keine Zeit, sich um seine Schwester zu kümmern. Er mußte Egon Kaiser besänftigen, vertrösten, irgendwie beruhigen und hinhalten.

»Egon, ich sage dir, du bekommst dein Geld!« versprach er. »Gib mir nur noch diese eine Chance! Gerade heute!«

»Gerade heute fängst du wieder mit einem neuen Laden an«, erwiderte Kaiser stur, »aber deine Schulden bleiben die alten.«

»Es bleibt –«

»Es bleibt dabei«, fiel ihm Kaiser hart ins Wort: »Binnen 48 Stunden habe ich mein Geld.« Er schaute auf seine Armbanduhr. »Also übermorgen um dreizehn Uhr. Und zwar alles! Die ganzen 50.000 Mark! Oder ich laß dir den Laden dichtmachen, bevor er richtig offen ist.«

»Das ist«, setzte Rudeck verzweifelt an und wurde wieder unterbrochen:

»Das ist mein letztes Wort.«

Er wandte sich zu der gläsernen Eingangstür, durch die eine junge Frau mit langem, braunen Haar interessiert hereinschaute. Aber Kaiser hatte keinen Blick für die Frau. Er drehte sich halb um und rief zurück:

»Bis heute abend also!«

»Wieso?« fragte Rudeck verdutzt. »Willst du etwa auch kommen?«

»Natürlich«, sagte Kaiser lächelnd. »Das kalte Buffet bei dir soll ja ausgezeichnet sein.«

Endlich verschwand er und stieß beinahe mit der jungen Frau vor der Ladentür zusammen. Rudeck hätte sich am liebsten in einen Sessel oder noch besser auf eine Couch sinken lassen, aber noch standen alle Sitzgelegenheiten voll von Bildern. Er schloß die Augen und seufzte.

Vera Schramm stand noch immer in der offenen Tür zum Büro. Sie war um die Vierzig, höchst attraktiv und elegant.

»Ich habe alles mit angehört«, sagte sie. »Entschuldige.«

Rudeck winkte ab.

»Du brauchst dich nicht zu entschuldigen. Es ist ganz gut, daß du es weißt. Ich bin fertig.«

Vera Schramm ließ ihren Blick durch die renovierten Räume gleiten, über die schon hängenden und die noch aufzuhängenden Bilder, und sie fand, daß es durchaus zu hanseatischen Vorstellungen feiner Gesellschaften passen müßte, wenn man einen Bruder hatte, der eine seriöse Galerie betrieb. Kunst und Künstler waren ja nur so lange von fragwürdigem Charakter, so lange sich nicht seriöse Geschäftsleute darum kümmerten.

»Wieviel?« fragte Vera Schramm mit weiblichem Realitätssinn.

Rudeck hängte ein Bild auf. Er erwiderte niedergeschlagen:

»Fünfzigtausend.«

In dem attraktiven, beherrschten Gesicht seiner Schwester zuckte kein Muskel.

»Und wer ist er?« erkundigte sie sich.

»Ein ehemaliger Kompagnon . . . Als wir damals mit unserem Laden Pleite machten . . . ach, soll ich dir das etwa alles erzählen?«

»Richtig«, stimmte Vera Schramm mit einer kleinen, entschiedenen Handbewegung zu. »Wir müssen etwas unternehmen. Komm . . .«

2

Polizeioberwachtmeister Ellen Wegener schlenderte in Zivil an den Geschäften vorbei und betrachtete die Auslagen. Es gab so einiges, das sie sich wahrscheinlich nie im Leben würde erlauben können, aber ihr Glück oder ihre Zufriedenheit hingen auch nicht davon ab.

Sie mußte nicht auf die Bahamas oder nach Hawaii – obgleich man sich das sogar leisten konnte, wenn man ein bißchen sparsam lebte. Aber Modellkleider brauchte sie nun bestimmt nicht. Ellen blieb stehen und mußte kichern.

Sie dachte an die Gesichter der Kollegen, wenn sie mit einem Modellkleid zum Dienst käme. Block, ihr Streifenführer von vierzehn/zwei – ja, was würde der wohl sagen? Garantiert irgendwas, was geeignet war, ihr die Freude am schönsten Kleid zu verderben. Der war nun einmal so: Block hieß er, und meistens war er auch ein solcher, und zwar einer aus Granit.

Sie wollte weitergehen, als ein Plakat ihre Aufmerksamkeit erregte. Die Eröffnung einer neuen Galerie wurde angekündigt, aber da sich die Klebestreifen gelöst hatten und das Plakat halb nach innen hing, war der Termin für die Eröffnung nicht zu erkennen.

Ellen beugte den Kopf vor und schaute hinein. Drinnen war man offenbar noch mitten in den Vorbereitungen für die Eröffnung. Es hingen ja noch nicht einmal alle Bilder.

Aber ein Hundertwasser, der hing schon an der größten Wand und hatte auch den besten Platz. Was ja nicht verwunderlich war. Ellen legte eine Hand an die spiegelnde Türscheibe, um das Bild besser sehen zu können, aber in diesem Moment ging die Tür auf, und sie wäre beinahe gegen einen Mann gestürzt, der einen dicken Wildledermantel mit falschem Pelzkragen trug.

»Entschuldigen Sie«, sagte Ellen.

»Aber ich bitte Sie.«

Sein Gesicht war unfreundlich. Trotzdem erkundigte sich Ellen:

»Wissen Sie zufällig, wann die Galerie eröffnet wird? Ich interessiere mich für moderne Kunst.«

Sie wurde von einem Blick gestreift, der sie an den Blick von berufsmäßigen Taxatoren erinnerte, die einen Gegenstand auf ihren Wert hin prüfen. In ihrem Räuberzivil fand sie keine Gnade.

»Ich kann Ihnen nur sagen, wann dieser Laden wieder dichtgemacht wird, nämlich spätestens übermorgen.«

Der Mann schob sich an ihr vorbei und stapfte davon. Spinner, dachte Ellen und warf einen Blick auf ihre Uhr. Sie erschrak. Über den Anblick all der Herrlichkeiten dieser Welt hätte sie beinahe noch ihren Dienstantritt verpaßt. Eilig machte sie sich auf den Weg zum Revier.

Sie kam rechtzeitig gerade zum dicksten Trubel des Schichtwechsels. Erleichtert hastete sie die Treppe zu den Umkleideräumen hinauf, schloß ihren Schrank auf und holte die Uniform heraus. Nachdem sie sich umgezogen hatte, nahm sie sich schnell einen Becher Kaffee vom Automaten und stieg die Stufen zur Wache hinab – weibliche Kriegslist: Wer geruhsam mit einem Becher Kaffee zur Arbeit erscheint, erweckt nicht den Eindruck, als ob er zu spät gekommen sei.

»Guten Tag«, grüßte Ellen freundlich.

Motorrad-Köhler verbeugte sich.

»Guten Tag, schöne Kollegin. Sie sehen so verklärt aus?«

Ellen nippte an ihrem Kaffee. Kollege Köhler konnte das Süßholzraspeln nicht lassen. Er folgte ihr bis zu dem Aktenschrank, in dem jeder sein kleines Fach hatte.

»Haben Sie vielleicht etwas Romantisches

geträumt?« wollte er wissen. »Vielleicht von einer Polizistin in einem Park, ein Blümchen im Haar, und neben ihr ein dynamischer junger Kollege auf einem Motorrad, der –«

Schichtführer Bogner mischte sich ein:

»Hören Sie nicht auf ihn, Frau Wegener.«

»Warum nicht?« erkundigte sich Ellen schnippisch. »Seine Bemerkungen sind doch sehr geistreich! – Ich bin bei der neuen Galerie vorbeigekommen. Da hängt ein echter Hundertwasser –«

»Oh, man interessiert sich für Kunst!« rief Köhler.

»Den hätte ich mir gern näher angesehen«, beendete Ellen ihren Satz.

»Warum haben Sie's nicht getan?« fragte Bogner.

Ellen tippte auf ihre Uhr:

»Wer macht denn Theater, wenn ich mal zehn Minuten zu spät komme? Außerdem ist die Galerie noch gar nicht eröffnet.«

»Hundertwasser?« wiederholte Bogner. »Das ist vielleicht ein Name. Als Polizist kann man den gar nicht vergessen.«

»Sie werden es vielleicht nicht glauben«, sagte Ellen, »aber ich behalte Namen auch so. Ich meine, ohne Uniform.«

Bogner zeigte auf den Aktenschrank.

»Schauen Sie mal in Ihr Fach, Frau Wegener. Da sind zwei Berichte zurückgekommen.«

Ellen griff seufzend nach den Papieren. Köhler gab noch immer nicht auf.

»Ich könnte Ihnen beibringen, wie man Berichte sauber formuliert, liebe Kollegin«, gurrte er. »Meine Reklamationsquote ist praktisch null.«

»Paß du mal auf«, sagte Bogner, »daß du keine Reklamation von einer deiner zahllosen Freundinnen kriegst.«

»Humor in Uniform«, brummte Köhler.

»Schwirr ab«, befahl Bogner und wandte sich wieder an Ellen. »Richard wollte doch zum Zahnarzt. Können Sie sich vorstellen, daß er heute morgen gegangen ist?«

Er sprach von Ellens Streifenführer, von Richard Block mit dem eisengrauen Haar und dem eisenharten Charakter.

»Können Sie sich vorstellen, daß er mit mir über seine Zähne spricht?« fragte Ellen zurück. »Er kriegt sie ja kaum auseinander . . .«

Bogner lachte.

»Okay. Kümmern Sie sich um den Wagen.«

»Ach«, sagte Ellen in gespielter Überraschung: »Alleine tanken darf ich schon?«

3

Rudeck hatte sich einen Schluck Sherry genommen. Er saß hinter seinem Schreibtisch und hatte zugehört, wie seine Schwester ihren Mann angerufen hatte. Wahrscheinlich war sie bei dem Herrn Juwelier gerade in Geschäftsverhandlungen hineingeplatzt, denn die Verkäuferin hatte mitgeteilt, daß der Herr Gemahl zurückrufen werde. Kein gutes Zeichen.

»Es ist sinnlos, Vera«, sagte er tonlos. »Fünfzigtausend . . .«

Da klingelte das Telefon. Vera nahm den Hörer:

»Ja? – Ach, servus, Schatzi. – – Nein, nichts Besonderes. – – Na ja, vielleicht doch. Weißt du eigentlich, daß es schon fast ein Jahr her ist, seit wir zum letzten Mal zusammen gegessen haben? Du, mir ist heute danach – nein, wirklich – – und außerdem habe ich ein Attentat auf dich vor . . .«

Rudeck hielt es nicht mehr aus in seinem Sessel. Er

sprang auf und drängte sich an seine Schwester, um hören zu können, was der Herr Schwager zu erwidern hatte.

Vera mochte Aufdringlichkeiten nicht. Sie drückte auf die Lautsprechertaste, so daß nun auch die Stimme des Teilnehmers hörbar wurde:

». . . Frau Riepke heute frei. Und ich lasse doch Anita nicht gern allein im Geschäft . . . Ach was! Natürlich geht es schon. Aber länger als eine Stunde –«

»Eine Stunde reicht«, fiel ihm Vera ins Wort. »Bis gleich, Schatzi.«

Sie legte auf. Rudeck kippte den letzten Schluck Sherry hinunter und fragte hastig:

»Läßt er sie allein?«

»Es wird ihm kaum etwas anderes übrigbleiben, wenn er mit mir essen will.«

Rudeck nagte an seiner Unterlippe. Er kannte seinen Schwager. Skeptisch fragte er:

»Und du glaubst wirklich, daß er mir hilft?«

»Ich hab' da meine Methoden«, erklärte Vera Schramm selbstbewußt. »Außerdem – ein Schwager, der laufende Meter Pleiten schiebt, ist für einen seriösen Geschäftsmann in Hamburg so gefährlich wie bei uns im schönen Wien.«

»Hör auf mit deinem Scheiß-Wien!« murrte Rudeck.

Wie immer, wenn Vera sich aufregte, verfiel sie in den heimatlichen Dialekt.

»Ja, ja ich weiß scho', daß du nix auf die Familie haltst«, sagte sie tadelnd, während sie in ihren roten Mantel schlüpfte. »Bist ja auch schon seit einer Ewigkeit weg von Z'haus.«

»Ach, hör auf.«

»Aber ich, ich steh' drauf!« sagte Vera energisch. »Was glaubst du, warum ich immer noch zu dir halt'?« Sie holte aus ihrer Handtasche ein paar blaue Geldscheine heraus, zählte sie flüchtig und warf sie auf den Schreibtisch. »Fünfhundert Mark! Das wird wohl reichen bis heute abend.«

Sie ging hinaus, selbstsicher, damenhaft, unnahbar für jeden Fremden. Rudeck ließ sich wieder in seinen Schreibtischsessel fallen und schüttelte zweifelnd den Kopf. So sicher war das mit der schwägerlichen Hilfe ganz und gar nicht.

Und was sollte er dann machen? Kaiser war ein Schuft, der würde seine Drohung erbarmungslos wahr machen.

Das Telefon klingelte. Eigentlich konnte es kaum etwas Angenehmes sein. Andererseits – manchmal ereigneten sich ja Wunder, und wem das Wasser sowieso bis zum Hals steht – Rudeck griff zum Hörer:

»Galerie Rudeck.«

Hätte er doch bloß den verdammten Hörer liegen gelassen. Es war die Firma, die ihm die Inneneinrichtung für die Galerie und fürs Büro geliefert hatte.

»Aber Sie haben mir doch gesagt, Sie würden vierzehn Tage warten!« rief Rudeck.

»Die vierzehn Tage sind um«, bekam er zu hören.

»Was? Mein Gott, wie die Zeit vergeht. Ich mach' doch heute erst auf. Wo soll denn da das Geld herkommen?«

Er nahm die Mahnungen gar nicht mehr richtig zur Kenntnis. In seinem Hirn nahm ein Plan mehr und mehr Gestalt an.

»Dann kriegen Sie überhaupt kein Geld«, sagte er und brach das Gespräch ab.

Er zog die Schreibtischlade auf.

In der Schublade lag eine Pistole.

4

Ellen hatte vierzehn/zwei auftanken und kurz durchchecken lassen. Dann war sie ins Revier zurückgekehrt. Es gab den üblichen Betrieb, nichts Aufregendes, und Ellen beschloß, ihre beanstandeten Berichte zu überarbeiten. Sie ging hinauf in ihren Umkleideraum, holte sich eine Tasse Kaffee und stürzte sich in den Papierkrieg. Sie grübelte, was es zu verbessern gab. In Gedanken ging sie im Zimmer auf und ab. Als sie ans Fenster kam, fiel ihr Blick zufällig hinab in den Hof.

Dort hielt ein blauer BMW, aus dem Kollege Block ausstieg.

Sieh an, dachte Ellen ironisch, ein Zahnarzt, der seine Patienten zur Arbeit fährt!

Aus dem blauen BMW stieg eine schwarzhaarige junge Frau, die Block zum Abschied umarmte. Es wurde eine ausgesprochen zärtliche Szene. Ellen wurde wütend und wußte nicht, warum. Ärgerlich auf sich selbst machte sie sich wieder über den Papierkrieg her.

Aber nach mehreren Anläufen gab sie es auf. Sie nahm die Mütze und ging hinunter in die Wache. Block stand dort bereits umgezogen, hatte aber keine Zeit für sie, denn Bruno kam herein.

Jede Kollegin und jeder Kollege im Revier kannte Bruno.

Äußerlich gehörte er zu jener Personengruppe, die gemeinhin als ›Penner‹ bezeichnet wird. Obgleich der wuchernde Vollbart und das Kopfhaar durchaus nicht ungepflegt wirkten. Er kaute auf einer kurzen, anscheinend handgeschnitzten Pfeife und kam um den Publikumsschalter herum gleich in die Wache mit der Selbstverständlichkeit des Stammkunden. »Das war die kälteste Nacht des Jahres!« verkündete er.

»Da kommen noch kältere«, sagte Block. »Aber die

Nacht ist vorbei, Bruno. Nichts zu machen. Wärm dich am Bahnhof.«

»Da kann man doch nicht pennen«, wandte Bruno ein.

»Hier auch nicht. Ist alles belegt. Komplett voll. Nichts zu machen, Bruno.«

Bruno schaute sich um. Er streckte die Hand aus.

»Dann klaue ich den Aschenbecher«, drohte er.

»Ach, nimm ihn mit«, bot Block an. »Wir haben genug davon.«

»Drecksack!«

»Angenehm, Block.«

»Lach nicht, Bullensau!«

»Laß das, Bruno«, sagte Bogner und trat an den Tresen. »So kalt ist es nun auch wieder nicht.«

»Dann häng du doch mal deine Knochen in den Wind!« schlug Bruno vor. »Arschkalt ist es, sag' ich dir, arschkalt! Und es wird noch kälter!«

»Mach, daß du rauskommst«, sagte Bogner.

»Ich hab' dir doch gesagt, daß nichts frei ist«, ergänzte Block.

Bruno gab sich geschlagen und schlurfte zur Tür, wobei er an Ellen vorbei mußte. Mit einer Kopfbewegung zeigte er zurück.

»Werden Sie bloß nicht wie die, Frollein«, riet er.

»Danke für den Tip«, sagte Ellen.

»Die haben nämlich kein Herz«, murrte Bruno noch.

»So, nun ist's gut«, erklärte Block. »Wir haben kein Herz, aber wir haben was zu tun. Kommen Sie, Frau Wegener.«

Sie stiegen in ihren Streifenwagen, zurrten die Gurte fest, und Block ließ den Motor an. Er blinkte, fädelte sich in den fließenden Verkehr ein und fuhr so zügig, wie sie es von ihm gewöhnt war.

Ellen war ärgerlich, mißgestimmt oder weiß der Himmel was. Und Blocks eiserne Schweigsamkeit trug auch nicht gerade zu ihrer Erheiterung bei. Sie schaute hinaus auf die Passanten, die es bei der kalten Witterung eiliger als sonst hatten, und sie dachte an den Frühling. Hamburg gefiel ihr entschieden besser, wenn das neue Grün herauskam.

»Ich kann das stundenlang so«, sagte Block plötzlich.

Überrascht wandte ihm Ellen das Gesicht zu.

»Was?«

»Fahren, ohne zu reden.«

»So? Ich eigentlich nicht . . . Ich meine . . . es kommt eben darauf an, was und wer über wen oder was geredet wird . . .«

Block benahm sich gönnerhaft:

»Bitte, worüber wollen wir reden? Über das Frauenbild in unserer Gesellschaft?«

»Für mich kein Thema«, lehnte Ellen ab.

»Worüber spricht man denn sonst in Ihren Kreisen? Über den Sinn des Lebens?«

Ellen zuckte mit den Achseln.

»Manchmal schon.«

»Es heißt doch immer, der Schichtdienst zerstört die sozialen Kontakte«, sagte Block mit nachdenklichem Gesicht.

»Allerdings. Und ich glaube, das stimmt.«

Block schüttelte stur den Kopf.

»Stimmt nicht.«

»So, glauben Sie«, sagte Ellen, und dann fiel ihr plötzlich die Abschiedsszene neben dem blauen BMW ein. »War's schön?« erkundigte sie sich.

»Schön? – Ach so, Sie haben was gesehen. Na, darüber spreche ich nicht. Schon gar nicht mit Ihnen. Sie sind zu jung.«

»Ach? Wie alt müßte ich denn werden? Ich meine, damit Sie mit mir darüber sprechen?«

Block schüttelte grinsend den Kopf.

»Da lege ich mich lieber nicht fest.«

»Haben Sie sich bei der Dame vorhin auch nicht festgelegt? Ich meine, es war doch eine Dame?«

Block nickte zufrieden.

»Für meine Zwecke reicht's.«

Plötzlich machte sich das Sprechfunkgerät bemerkbar:

»Vierzehn/zwo Einsatz! Achtung, vierzehn/zwo Einsatz! Englische Planke / Krayenkamp: Verkehrsunfall mit verletztem Kind. Fahrer eines PKW ist flüchtig. NAW ist aus, Sonderrechte zugelassen. Achten Sie auf Ihre besondere Sorgfaltspflicht!«

Ellen hatte schon den Hörer in der Hand:

»Vierzehn/zwo hat verstanden.«

»NAW kommt vom Alster-Krankenhaus«, fuhr die Lautsprecherstimme fort: »Hansa neun-drei.«

Block schaltete Blaulicht und Sirene ein. Dann trat er aufs Gaspedal.

5

Der Juwelier Schramm sah durch sein Schaufenster hinaus auf die Straße. Über Hamburg herrschte strahlender Sonnenschein, aber es mußte ziemlich kalt sein. Die Gesichter der Fußgänger draußen verrieten es.

Schramm überlegte, was seine Frau auf dem Herzen haben könnte. Ihm wollte nichts einfallen – außer dem einen: ihr Bruder. Der konnte anfassen, was er wollte, es gelang ihm nichts.

Er macht's ja auch falsch, dachte Schramm seufzend. Daß man klein anfangen kann, das ist denen heutzutage doch einfach nicht begreiflich zu machen. Die müssen sich immer gleich übernehmen. Die Einrichtung muß gleich vom feinsten sein, eher drei neue, aber leere Schreibtische als einen alten, an dem tatsächlich gearbeitet wird.

Fleiß und Sparsamkeit, damit bringt man ein Geschäft in die Höhe, dachte er. Und dann kann man sich etwas erlauben. Doch nicht umgekehrt.

Vielleicht sollte ich mich doch einmal intensiver um meinen Schwager und seine Geschäfte kümmern, dachte er. Natürlich ist es nicht gut für unsere gesellschaftliche Stellung, wenn herumerzählt wird, daß mein Schwager Pleite gemacht hat. Das erweckt immer den Eindruck von Unseriösität – und dieser Eindruck kann in Hamburg tödlich werden.

Na, wir werden's ja sehen, beschloß er seine Überlegungen und holte seinen Mantel aus dem Hinterzimmer.

»Kann ich Sie auch wirklich allein lassen?« fragte er seine Verkäuferin.

»Aber, Herr Schramm!« erwiderte Anita belustigt. »Wenn Frau Riepke und ich allein sind, sind wir auch nicht die ganze Zeit gemeinsam im Geschäft.«

Schramm knöpfte den Mantel zu und nickte.

»Ich weiß, daß die Riepke immer private Besorgungen macht, wenn ich nicht da bin«, sagte er und rückte seine Brille zurecht.

»Ich habe nichts gesagt!«

»Schon gut. Ich bleibe nicht lange. Anderthalb Stunden – höchstens.«

»Guten Appetit«, wünschte seine Verkäuferin.

»Danke.«

Schramm ging hinaus. Ein kalter Luftzug fuhr zur Tür herein. Anita schaute ihrem Chef durch das Schaufenster zu, wie er an der Bordsteinkante stehenblieb und in ein Taxi stieg.

Ein rotes VW-Kabriolett mit geschlossenem, schwarzem Verdeck fuhr langsam am Geschäft vorbi. Zu langsam eigentlich. Aber darauf achtete Anita nicht.

6

Block überholte rechts und ließ den Streifenwagen vorsichtig über die Bordkanten hinweg auf die grüne Verkehrsinsel rollen. Schon hatten sich die ersten Gaffer eingefunden, und der Verkehr auf allen angrenzenden Straßen begann langsamer zu fließen, weil natürlich alle Fahrer die Hälse reckten, statt sich um ihren eigenen Kram zu kümmern. Block klinkte seinen Gurt aus und sagte knapp, aber präzise:

»Weisen Sie den NAW ein. Danach kümmern Sie sich um die Zeugen und um die Spurensicherung.«

Ellen nickte und lief nach vorn zur Ecke, wo der Notarztwagen zu erwarten war, dessen Signal aus der Ferne schon zu hören war. Block war mit ein paar schnellen Schritten bei dem ohnmächtigen Kind, das auf dem Rasen lag.

Es handelte sich um ein etwa zehnjähriges Mädchen. Blut war ihm aus der Nase und aus dem Mund ausgetreten.

»Scheiße«, sagte Block grimmig, aber unhörbar. Er kniete neben der Kleinen nieder und tat bedächtig und exakt die nötigen Handgriffe, um das Mädchen richtig zu lagern.

Inzwischen war der NAW über die Kreuzung gebraust. Ellen winkte ihn neben ihren Streifenwagen ein. Mit einem kurzen Blick sah sie, daß Block neben dem Kind kniete. Seltsamerweise fühlte sie sich dadurch beruhigt. Sie ging auf die Gruppe der Neugierigen zu, die mit großen Augen auf das bewußtlose Kind schauten.

»Hat jemand von Ihnen gesehen, wie es passiert ist?« fragte Ellen.

Ein Rentner in einem hellen Kamelhaarmantel hob die Hand wie in der Schule.

»Hier!« rief er eifrig. »Ich weiß genau, wie es passiert ist. Das war einer von diesen Rasern, Fräulein, glauben Sie mir. Ein Verrückter in einem grünen Ford! Ja, richtig: grün!«

»Stimmt ja gar nicht«, sagte ein vielleicht vierzehnjähriges Mädchen. »Es war kein Ford! Und grün war das Auto auch nicht.«

»Wie heißt du denn?« fragte Ellen das Mädchen.

»Birgit.«

»Bleib mal bitte hier stehen. Ich komme gleich zurück!« rief Ellen und winkte den VW-Bulli vom Verkehrsunfalldienst ein.

Die Kollegen schwärmten aus und machten sich an die Sicherung der Spuren: Einer maß die Entfernungen aus, ein anderer knipste das ohnmächtige Mädchen und die vorhandenen Ampelanlagen, die eine Rolle spielen konnten für die Hergangsbeurteilung.

Ellen kehrte zu ihrer jungen Zeugin zurück und sagte:

»Komm mal bitte mit, Birgit.«

»Ja, und ich? Und ich?« rief der ältere Herr, der sich nicht wichtig genug behandelt fühlte.

»Augenblick, bitte«, sagte Ellen und zog die Schiebetür vom Bulli des VD auf. »Komm rein, Birgit. Setz dich.«

Sie nahmen auf der kurzen Bank vor dem kleinen Tisch Platz.

»Kennst du das Mädchen?« fragte Ellen.

»Nein.«

»Aber du hast gesehen, wie es passiert ist?«

Das Mädchen nickte heftig.

»Zeig mir mal, wo du warst, als es passierte.«

Birgit deutete auf den Gehsteig an der Fußgängerampel. Ellen machte die ersten Notizen.

»Und woher kam der Wagen?«

Birgit zeigte es und sagte:

»Sie hatte grün! Ich wollte ja auch gerade gehen.«
»Und was für ein Auto war es?«
Es kam ohne Zögern, ohne Überlegen:
»Ein VW, ein roter! Ein Käfer, Kabriolett, rot, glänzend!«
»Glänzend? Metallic?«
Jetzt sah Birgit verwirrt aus. Ellen schaute durch das Fenster. Die Zuverlässigkeit eines Zeugen festzustellen, war manchmal ebenso wichtig wie die Aussage selbst. Sie wies auf das Auto, das jetzt gerade an der nächsten Ampel hielt.
»Was ist das für ein Auto, Birgit?«
»Ein Volvo«, erwiderte Birgit sofort.
»Und da hinten, der blaue?«
»Ein Golf.«
Beides war richtig.
»Hast du auch das Kennzeichen gesehen?«
Jetzt schaute Birgit wieder verständnislos.
»Das Nummernschild!« sagte Ellen.
»Ach so. Nein, das habe ich nicht richtig gesehen. Es ging ja auch alles viel zu schnell.«
»Ja, natürlich. Trotzdem warst du eine große Hilfe, Birgit. Vielen Dank. Jetzt brauche ich nur noch deinen Namen und deine Adresse.«
Ellen schrieb es auf, und als sie mit Birgit aus dem Bulli des Verkehrsunfalldienstes aussteigen wollte, erschien der Rentner wieder und erzählte diesmal, daß es ein blauer Fiesta gewesen war.
Mit ein paar freundlichen Bemerkungen wimmelte Ellen ihn ab.
Sie verabschiedete sich von Birgit, sah zu, wie das immer noch bewußtlose Mädchen auf der Trage in den Notarztwagen geschoben wurde, und hielt Ausschau nach Block. Der saß bereits wieder am Steuer von vierzehn/zwei.
»Kommen Sie, Frau Wegener!« rief er und fügte

hinzu, als sie näher herangekommen war: »Den Rest machen die Erwachsenen.«

Ellen wußte nicht, wie sie diese Bemerkung auffassen sollte, aber sie hielt sich auch nicht damit auf. Ihre Gedanken waren bei dem verletzten Kind.

»Wenn man den Kerl in die Finger kriegte«, sagte sie leise, als sie eingestiegen war und ihren Gurt einhakte.

»Es kann auch eine Frau gewesen sein«, bemerkte Block.

Ellen hatte schon den Telefonhörer in der Hand und gab die Fahndungsmeldung durch – nach einem roten VW-Kabriolett.

7

Juwelier Schramm schaute mit gesenktem Kopfe hinüber zum Teller seiner Frau. Sie hatte kaum etwas angerührt.

»Was ist?« fragte er. »Den magst du doch? Den magst du doch sogar sehr?«

Seine Frau verzog das Gesicht.

»Also hör mal«, fuhr er fort. »Du ißt doch sonst Labskaus –«

»Hör doch mit diesem verdammten Labskaus auf!« zischte sie.

Schramm runzelte die Stirn. Es geschah selten, daß Vera heftig wurde. Also mußte es noch ernster sein, als er ohnedies befürchtet hatte.

»Verzeih«, sagte sie. »Aber – ach, es ist doch nicht das Essen.«

»Was ist es dann?«

Seine Frau holte tief Luft, sah ihn an und sagte dann doch nichts.

»Also Gerd«, stellte Schramm leise fest. »Es ist wegen Gerd.«

Ein Ober trat heran und erkundigte sich, ob sie noch etwas zu trinken wünschten. Schramm lehnte dankend ab und wartete, bis sich der Ober weit genug entfernt hatte. Dann sah er seine Frau fragend an.

»Wieviel ist es diesmal?«

»Er hat mehr Schulden, als ich geahnt habe«, gab Vera zu. »Er ist fix und fertig.«

»Wieviel?« wiederholte Schramm.

»Du mußt ihm helfen«, sagte Vera eindringlich.

»So. Muß ich das.«

»Ich glaub' schon.«

Schramm nickte.

»Glaubst du«, murmelte er.

»Na, wenn sich das herumspricht, daß du einen Schwager hast, der am laufenden Band Pleiten schiebt, dann sind doch auch wir dran.«

»Hör endlich auf!« zischte Schramm. Er schob seinen Teller von sich. »Mir ist der Appetit vergangen.« Er strich sich über die Stirn. »Wir sprechen im Büro weiter«, entschied er. »Muß ja hier nicht jeder mithören.« Er winkte, um zu zahlen.

Statt einer Stunde hatten sie für ihr Essen knapp zwanzig Minuten gebraucht.

8

Auf einem Großstadtrevier kann es internationaler zugehen als vor dem Postschalter für Auslandssendungen. Bogner stand vor zwei jungen Herren, die sichtlich von der entgegengesetzten Seite des Globus gekommen waren, irgendwas Ostasiatisches, aber sie hatten

Fotoapparate vor der Brust hängen und waren offensichtlich entschlossen, von den Dingern rigorosen Gebrauch zu machen. Soviel hatte er trotz aller Sprachschwierigkeiten ermitteln können.

Trotzdem war Bogner froh, als Ellen Wegener und Richard Block zurück ins Revier kamen. Um Frau Wegener abzulenken, rief er Bogner zu, daß er ihren Bericht brauche, und gab Block einen Wink:

»Du, Richard, komm doch mal her. Du kannst doch alles Mögliche. Kannst du auch Japanisch?«

»Sehe ich so aus?« fragte Block.

»Wir Chinesen«, widersprach einer der Gäste.

»Uns ist alles recht«, meinte Block großzügig und fragte Bogner: »Was wollen sie?«

»Sie suchen Modelle.«

»Was für Modelle?«

Bogner warf einen Blick zum Aktenschrank, wo Ellen Wegener stand. Sie machte Eintragungen ins Streifenbuch. Bogner wandte ihr den Rücken zu und machte eine unzüchtige, aber eindeutige Handbewegung.

»Besorg ihnen ein Taxi«, schlug Block vor. »Dann landen sie schon an der richtigen Adresse. Wieso fragst du mich eigentlich?«

Ellen Wegener bewies, daß sie kein Hörgerät brauchte. Sie meinte mit ironischem Lächeln:

»Vielleicht gelten Sie als Experte und wissen es nur nicht?«

»Nein, nein, so ist das nicht!« widersprach Bogner. »Die wollen wirklich nur fotografieren: nette, große, blonde, deutsche Mädchen.«

Block zahlte zurück:

»Vielleicht weiß die Kollegin einen Rat. Nette, große, blonde, deutsche Mädchen findet man neuerdings in den Umkleideräumen der Polizeischule.«

»Als Spanner machen Sie sich auch nicht schlecht, Herr Kollege.«

»Danke!«

»Bitte!«

Block fing in einem Nebenzimmer an zu telefonieren.

»Augenblick!« sagte Bogner zu den Chinesen und ergänzte es aus unerfindlichen Gründen mit einem: »Uno momento!« bevor er sich an Ellen Wegener wandte: »Über Funk kam die Fahndung nach einem roten VW-Cabrio. Ist die von euch?«

»Ja«, bestätigte Ellen.

Block war schon fertig mit seinem Anruf und kam zurück in die Wache.

»Na, dann habt ihr ja ganz schön was zu tun«, sagte Bogner.

»Ein silberner Bentley wär' uns auch lieber«, meinte Ellen.

»Von der Sorte gibt's hier in Hamburg auch 'ne ganze Menge«, sagte Block.

»Nun werd' mal nicht politisch«, riet Bogner. »Also von mir aus könnt ihr wieder an die Arbeit. Ihren Bericht können Sie später auch noch machen, Frau Wegener.«

»Wir suchen uns jetzt erstmal eine ruhige Imbißbude«, sagte Block entschieden. »Wo steht denn, daß die Polizei in Hamburg Kohldampf schieben muß?«

Ellen drückte die Uniformmütze auf den Kopf und folgte ihrem Streifenführer zum Wagen. Als sie einstieg, fragte sie:

»Warum sind wir überhaupt zum Revier zurückgefahren?«

»Weil ich telefonieren mußte«, brummte Block und fuhr an.

»Ging das nicht über Funk?« erkundigte sich Ellen naiv.

»Gegangen wär's schon, aber gut wär's nicht gewesen«, erwiderte Block rätselhaft.

Ellen runzelte die Stirn.

»Und warum will Bogner erst einen Bericht, und dann hat's doch Zeit damit?«

Block dachte an Bogners Handbewegung und erwiderte grinsend:

»Kleine Mädchen sollten nicht soviel fragen.«

»Und alte Knaben sollten nicht soviel dummes Zeug reden«, schlug Ellen zurück.

Block stieß einen kurzen Pfiff aus.

»Ich werd' mich doch noch an Sie gewöhnen«, kündigte er an.

»Vor der Pensionierung?« fragte Ellen. »Da müssen Sie sich aber beeilen.«

»Ooh!« stöhnte Block. »Das war unter der Gürtellinie.«

»Zugegeben«, sagte Ellen. »Aber es war nötig.«

Block hielt vor einem Imbiß und verkündete, daß er sofort dienstunfähig umfalle, wenn er nicht auf der Stelle eine Currywurst bekäme. Ellen hatte keinen Hunger und übernahm die Stallwache. Außerdem, merkte sie an, könne sie dabei nach roten VW-Cabrios Ausschau halten.

»Das tun Sie mal«, sagte Block. »Wetten, daß wir heute kein einziges zu Gesicht bekommen?«

Er verschwand in dem kleinen Restaurant. Ellen beobachtete die Passanten und den Verkehr und stellte wieder einmal fest, daß sich die deutschen Autofahrer sofort vernünftiger benehmen, wenn sie einen Streifenwagen der Polizei sehen. Nur eine alte Frau mit einer Einkaufstüte ging drei Meter vom Fußgängerüberweg entfernt bei fließendem Verkehr diagonal über die Straße.

Ellen lief zu ihr, zog die alte Dame auf den Gehsteig zurück und versuchte, ihr zu erklären, warum sie derlei gefährliche Unternehmungen lassen solle.

»Die Autos können doch aufpassen«, sagte die alte Dame.

»Das können höchstens die Fahrer, und selbst dann braucht ein Auto seinen Bremsweg, der abhängig ist –«

Ellen schaute in das verständnislose Gesicht der alten Dame und fühlte, daß sie es beim nächsten Male nicht anders machen würde. Und da tat Ellen im Interesse der alten Frau etwas, wovon sie auf der Polizeischule geschworen hätte, daß so etwas bei ihr nie in Frage käme: »Das ist strafbar!« sagte sie drohend. »Es ist nämlich eine Verkehrsbehinderung und eine Gefährdung der öffentlichen Sicherheit!«

Das half.

»Um Gottes Willen!« rief die alte Dame erschrocken. »Das habe ich doch nicht gewußt! Komme ich jetzt ins Gefängnis?«

»Diesmal noch nicht«, sagte Ellen ernst. »Also achten Sie in Zukunft darauf, wo die Ampeln stehen.«

»Ja, ja, ganz bestimmt. Vielen Dank. Das hat mir ja noch niemand so erklärt wie Sie, Fräulein Wachtmeister. Danke. Vielen Dank auch.«

Ellen ging zu 14/2 zurück und unterdrückte ein Kopfschütteln. Für ihr Verständnis von Polizeiarbeit hatte sie sich eben höchst undemokratisch und widerwärtig autoritär verhalten. Aber sie war sicher, daß dies bei der alten Frau eine nachhaltige Wirkung erzielt hatte. Was war jetzt wichtiger, das Prinzip oder das Resultat?

Sie beschloß, die Frage den Philosophen zu überlassen, schaute auf die Uhr und kam zu der Überzeugung, daß es für eine Currywurst gereicht haben müßte. Das hatte es wohl auch, denn als Ellen den Imbiß betrat, saß Block an der Theke und las Zeitung. Ellen betrachtete ihn von der Seite und sagte:

»Wer im Dienst ißt und dann auch noch beim Essen liest, der bekleckert seine Krawatte.«

Block schaute an sich herunter und griff nach seiner Serviette.

»Scheißkrawatte!« brummte er.

»Das ist eine Dienstkrawatte!« verbesserte Ellen. »Und was ist das für eine Zeitung?«

Block legte sie ihr aufgeschlagen hin und tippte auf eine Art Tabelle:

»Hier, heute abend, Heidewind im Vierten. Todsichere Sache. Bei dem Wetter ist die Stute nicht zu schlagen.«

Ellen überflog die Namen.

»Ich würde auf Blue Runner setzen.«

Block verzog das Gesicht.

»Wie kommen Sie denn auf den Zossen? Der hat in dieser Saison noch kein Bein auf die Erde gekriegt.«

Ellen lächelte.

»Der Name klingt so hübsch.«

Darauf wußte Block nichts zu erwidern. Er zahlte Wurst und Cola und schlug vor:

»Machen wir weiter.«

Kommissar Zufall, der manchmal gegen und manchmal für die Polizei arbeitet, wollte an diesem Tage, daß es die richtige Entscheidung zum genau richtigen Zeitpunkt war ...

9

Die Verkäuferin Anita Kuhnert stand in Herrn Schramms Juweliergeschäft und langweilte sich. Als sie sich seinerzeit für diesen Beruf entschieden hatte, hatte sie sich das aufregender vorgestellt. Schwerreiche Herren, die ihren Frauen (oder Geliebten, das war noch romantischer) kostbaren Schmuck kauften: Diademe, Colliers, Perlenketten, Armreifen, edelsteinbesetzte Broschen und wertvolle Ringe.

In der Realität sah es prosaischer aus; selbst Trauringe wurden heutzutage seltener gekauft als früher, wenn man Herrn Schramm glauben durfte – und der mußte es schließlich wissen. Anita fand, daß das Leben ganz allgemein überhaupt viel zu langweilig war. Jeden Tag zur gleichen Zeit im selben Geschäft und –

Die Tür flog auf, ein untersetzter Mann stürmte herein, fuchtelte mit etwas Schwarzem in der Hand herum und rief:

»Überfall!«

Unwillkürlich machte Anita einen Schritt rückwärts. Der Mann trug eine bis übers Kinn herabgezogene Pudelmütze mit zwei eingeschnittenen Augenschlitzen. Und das Schwarze in seiner Hand war eine Pistole.

»Weg da!« rief er. »Weg vom Alarmknopf!«

Er drängte sie beiseite, und erst jetzt erschrak Anita. Das schien ja Ernst zu sein. Auf den Gedanken, woher er wohl die versteckte Position des Alarmknopfes kannte, kam sie nicht. Sie hatte auch keine Zeit, sich Gedanken zu machen, denn der Mann drückte ihr einen Beutel in die Hand und herrschte sie an:

»Alles rein da! Los, los!«

Er riß Vitrinen auf, holte wahllos den Inhalt heraus und stopfte alles in den Beutel, den Anita hielt. Die nächsten zwei Minuten nahm sie unklar und schemenhaft wahr, wie in einem undeutlichen Traum. Sie zog die Kassenschublade auf, der Mann riß die wenigen Geldscheine heraus, und dann schob er sie vor sich her ins hintere Zimmer.

Plötzlich klingelte das Telefon. Anita sah, wie der Mann stutzte, dann riß er die Anschlußdose von der Wand. In diesem Augenblick kamen Vera Schramm und ihr Mann zur Hintertür herein.

Für einen Herzschlag erstarrten alle. Dann rief der Mann:

»Umdrehen! Alle! Umdrehen!«

Während sie verwirrt gehorchten, riß er die Tür zu dem kleinen Büro auf und stieß sie hinein. Er schlug die Tür zu und drehte den Schlüssel um, was sie deutlich hören konnten.

Und dann war es toll. Herr Schramm rüttelte an der Tür, aber sie regte sich nicht.

»Draht oder Schraubenzieher«, sagte er vor sich hin.

Anita fühlte plötzlich, wie sie anfing, am ganzen Leibe zu zittern. Sie schluchzte, wollte es gar nicht und konnte es doch nicht beherrschen. Vera Schramm drückte sie auf einen Stuhl. Anita preßte die Hände gegeneinander, bis die verspätete Schockreaktion abklang.

Inzwischen war es Herrn Schramm irgendwie gelungen, die Tür aufzubekommen. Im Laden riß er den Telefonhörer an sich und begann zu wählen, bis ihm auffiel, daß der Apparat tot war.

»Ich telefoniere in der Wäscherei!« rief er den beiden Frauen zu und lief hinaus.

Anita hatte sich ihr Taschentuch geholt und putzte sich die Nase.

Vera Schramm sagte immer noch kein Wort.

10

Die Currywurst schien bei Block ein Wunder bewirkt zu haben. Er pfiff vergnügt vor sich hin, während er vierzehn/zwei einigermaßen planlos durch Hamburg steuerte. Ellen hatte sich darauf konzentriert, die am rechten Straßenrand geparkten Fahrzeuge aufmerksam zu mustern. Sie hielt Ausschau nach einem roten –

»Schade, daß ich nicht mit Ihnen gewettet habe!« rief sie plötzlich.

»Gewettet? Warum? Um was?«

»Sie waren sicher, daß wir heute kein rotes VW-Cabrio sehen werden. Da vorn fährt eins!«

»Verdammt, Sie haben recht!«

Es war kurz vor ihnen, und Block brauchte nur ein bißchen Gas zu geben, um gleichzeitig mit dem Cabrio vor der nächsten roten Ampel anzukommen. Sie schauten aufmerksam auf das Fahrzeug. Aber als der flüchtige Unfallwagen konnte er kaum in Betracht kommen: Es wies keinerlei Verformungen auf, die beim Zusammenprall mit einem menschlichen Körper, und sei es nur der eines Kindes, unvermeidbar gewesen wäre. Trotzdem sah sich Ellen den Fahrer genau an.

»Was ist?« fragte Block. »Ist sowas Ihr Typ?«

»Das ist doch der letzte der Mohikaner«, meinte Ellen. »Der Mann ist nicht angeschnallt.«

»Zwei plus – für gute Beobachtung, Frau Kollegin.«

Ellen kurbelte ihr Fenster herunter und gab dem blonden Wuschelkopf ein Zeichen, das gleiche zu tun.

»Fahren Sie bitte rechts ran und halten Sie an«, sagte Ellen. »Da vorn an der Bushaltestelle!«

Der junge Mann nickte ergeben. Dreißig Meter weiter setzte Block den Streifenwagen vor das VW-Cabrio. Ellen setzte die Mütze auf und trat vom Gehsteig her an den VW heran. Der Fahrer beugte sich herüber und machte das Fenster auf der Beifahrerseite auf.

»Hab' ich was falsch gemacht?« fragte er nervös.

»Sie sind nicht angeschnallt«, sagte Ellen. »Darf ich mal Ihre Papiere sehen?«

Der junge Mann klappte die Sonnenblende über dem Steuer herab. Auf der Rückseite war mit Klebstreifen ein kleiner Spiegel befestigt. Als der Mann den Kraftfahrzeugschein dahinter hervorziehen wollte, riß er vor Nervosität den Spiegel ab.

»Vorsicht, Ihr Spiegel!« mahnte Ellen noch, da war er schon dem Fahrer in den Schoß gefallen, aber zum

Glück nicht zerbrochen. Sie sah Block neben sich auftauchen und reichte ihm die Zulassung, während sie selbst den Führerschein in die Hand nahm. Sie warf einen Blick darauf, da hörten sie eine Durchsage aus ihrem Wagen:

»Achtung! Michel für Vierzehn/zwo: Raubüberfall Juwelier Schramm, Hermannstraße. Täter flüchtig, wahrscheinlich bewaffnet. Sonderrechte sind zugelassen!«

Sie drückten dem verdutzten Fahrer die Papiere in die Hand, sprangen in den Streifenwagen gesprungen, und fegten los – ›mit Musik‹, wie Block das gern ausdrückte.

Trotz Blaulicht und Sirene vergingen einige Minuten, denn sie befanden sich ein ganzes Stück vom Schauplatz des Raubüberfalles entfernt. Als sie dort eintrafen, standen bereits zwei andere Streifenwagen vor dem Geschäft, und sogar die Kripo war schon da, wie Block bemerkte, als sie das Geschäft betraten. Seine Miene verdüsterte sich, denn er konnte Herrn Lang von der Kripo nicht ausstehen, was auf Gegenseitigkeit beruhte.

Lang hatte eine hohe Stirnglatze, trug einen hellen Trenchcoat und grinste anzüglich.

»Herr Block von der schnellen Truppe ist auch schon da! Und mit frischem Nachwuchs!« Sein Grinsen wurde vertraulich, als er zu Ellen gewandt fortfuhr: »Gestatten: Lang, Christian. Der liebe Kollege von der Kripo. Sie haben sicher schon von mir gehört. Nein? Na, macht auch nichts. Alle, die meine Freunde – oder Freundinnen – werden wollen, dürfen mich Chris nennen.«

Sein schleimiges Gebaren veranlaßte Ellen zu einem scheinheilig freundlichen: »Guten Tag« und dann betont: »Herr Lang.« Sie ließ ihn stehen und wandte sich an einen Mann, der einen Ledermantel trug.

»Hat es Zeugen gegeben?« fragte sie und zückte ihr Notizbuch. »Kennt man das Fahrzeug des Täters?«

»Was fragen Sie mich?« erwiderte der Mann und kramte in einem Spurenkoffer, während er mit einer Kopfbewegung auf Lang wies: »Fragen Sie den da.«

»Sie sagen es!« bestätigte Lang freudestrahlend, weil er nun doch wieder wichtig geworden war. Ich bin immer wieder gerührt, wenn ich sehe, wie unsere jungen Kolleginnen einsteigen.«

»Kommen Sie zur Sache«, knurrte Block.

Lang wurde dienstlich: »Also: Der Besitzer des Wäschegeschäftes gegenüber hat ihn abflitzen sehen: VW, Käfer, rot, wahrscheinlich Kabriolett, Hamburger Kennzeichen.« Lang wandte den Kopf in Richtung Schaufenster: »Da oben ist er links abgebogen.«

»Da oben links?« fragte Block und schaute hinaus auf die Straße, wo sich immer mehr Neugierige einfanden.

»Ja«, sagte Lang.

»Rotes VW-Cabrio?« wiederholte Ellen.

»Ja!« sagte Lang ungehalten.

»Merkwürdig«, murmelte Ellen zu Block. »Heute schon das zweite.«

Block nickte nachdenklich, Lang wollte etwas fragen, aber da wurden sie von Frau Schramm unterbrochen:

»Sie brauchen mich doch nicht mehr?«

»Nein«, sagte Lang. »Wo kann ich Sie erreichen?«

»Erreichen?« wiederholte Vera Schramm verwundert. »Wird das denn nötig sein?«

Lang trat zu dem Ehepaar Schramm und erklärte:

»Der Täter hat den Laden wahrscheinlich ausgekundschaftet, hat Sie oder Ihr Haus beobachtet, sich mit Ihren Gewohnheiten vertraut gemacht. Vielleicht ist Ihnen jemand aufgefallen –«

»In einem roten VW-Cabrio!« fiel Ellen ein.

Lang bedachte sie mit einem tadelnden Blick, bevor er fortfuhr:

»– unbewußt, verstehen Sie? Und Sie erinnern sich, wenn wir Ihnen Fotos zeigen. Oder Ihnen verdächtige Personen gegenüberstellen.«

»Ich bin heute abend bei meinem Bruder«, sagte Vera Schramm.

»Okay«, sagte Lang und zeigte auf den Mann im Ledermantel: »Mein Kollege wird die Adresse aufschreiben.« Er sah, daß auch Ellen sich dafür interessierte, und er sagte leise: »Süße Maus – trotz der Uniform.«

»Blödmann«, sagte Block halblaut. »Auch ohne Uniform.«

»Wie war das?« fragte Lang und trat näher. »Okay. Ich sag's keinem weiter. Aber ich persönlich halte nichts von Männern, die Beruf und Vergnügen nicht unter einen Hut bringen können. Mahlzeit.«

»Oder so«, sagte Block.

»Entschuldigung, wenn ich die Herren in ihrem sachorientierten Gespräch unterbreche«, mischte sich Ellen ein, als sie die Gesichter der beiden Streithähne sah, und fügte ironisch hinzu: »Hat hier vor kurzem ein Raubüberfall stattgefunden?«

»Wie meinen?« fragte Lang.

»Wir können wieder abreiten«, sagte Block. »Der Kollege hat die Sache fest im Griff.«

Sie wollten das Geschäft verlassen, aber da kam ein uniformierter Kollege von einem der anderen Streifenwagen herein und drückte Lang einen Zettel in die Hand. Lang reagierte schnell:

»Na, bitte! Wir haben ihn! Den Wagen.«

Das Stimmengewirr im Laden verstummte. Herr Schramm, Anita, die Männer der Spurensicherung, die Uniformierten – alle schauten auf Lang. Der fuhr fort:

»Es ist wirklich ein rotes VW-Cabrio.«

»Ein Bekannter?« fragte Block.

»Wir haben erstmal nur den Wagen«, erwiderte

Lang. »Heute mittag hat er ein Kind überfahren.«

»Unfallflucht?« fragte Block.

»Ja.«

»Und wir waren an der Unfallstelle«, sagte Block.

»Aber das ist doch absurd!« wandte Ellen ein. »Jemand, der ein Kind überfährt, begeht doch nicht kurze Zeit später mit dem beschädigten Fahrzeug einen Raubüberfall!«

»Nein?« fragte Lang amüsiert. »Woher wissen Sie denn das? Aus dem Psychologie-Seminar in der Polizei-Schule?«

Ellen hatte wieder ihr Notizbuch gezückt.

»Wo?« fragte sie. »Ich meine, wo hat man den Wagen gefunden?«

Lang sah auf den Zettel.

»Am Wehbers Park«, las er vor.

»Wehbers Park! Wissen Sie, wo das ist?«

»Nö«, sagte Lang.

Der uniformierte Kollege, der die Funkmeldung aufgeschrieben und hereingebracht hatte, blätterte bereits in einem Stadtplan.

Ellen trat zu ihm und Lang schaute über ihre Schulter, als sie auf den Park tippte.

»Klar!« erklärte sie. »Der Fundort stimmt, wenn er sofort nach dem Unfall da raufgefahren ist. Aber nach dem Überfall hier?« Ellen zeigte durch das Schaufenster hinüber zur nächsten Kreuzung: »Ihr Zeuge hat gesagt, der Täter ist da drüben links abgebogen.«

»Ja!« rief Lang.

»Mit einem beschädigten Wagen und der Beute aus einem Raubüberfall durch die ganze Innenstadt?« fragte Ellen ungläubig.

Vor soviel Zeugen ließ Lang nicht gern seine Unfehlbarkeit anzweifeln. Er erwiderte barsch:

»Lassen Sie mich meine Arbeit machen, ja? Sie gehen jetzt besser wieder den Verkehr regeln, okay?«

Ellen drehte sich auf dem Absatz um und ging hinaus. Block folgte ihr. Draußen mußten sie sich durch eine Menge neugieriger Gaffer zwängen, um zu ihrem Wagen zu kommen.

»Der hat sie doch nicht mehr alle!« sagte Ellen empört. »Warum haben Sie mir nicht geholfen?«

»Weil ich es mag, wenn Sie so böse sind«, erwiderte Block und grinste.

»Das Vergnügen können Sie öfter haben! Mensch, Block, wir haben ihn gehabt! Der Mann in dem roten VW, der nicht angeschnallt war!«

»Verdammt«, murmelte Block. »Sie könnten recht haben. Aber Cabrios gibt's 'ne ganze Menge, gerade in Hamburg.«

»War ja auch nur eine Art Intuition«, sagte Ellen, und sie bemerkte Blocks skeptischen Blick. Schnippisch fügte sie hinzu: »Als Frau hat man sowas!«

»So, hat man das. Und wie hieß er?«

»Keine Ahnung. Sie hatten doch die Zulassung!«

»Und Sie den Führerschein«, sagte Block.

»Den habe ich Ihnen gezeigt.«

»Der Wagen gehörte ihm nicht«, sagte Block. »Auf der Zulassung stand ein anderer Name. Was sagt Ihre weibliche Intuition dazu?«

Ellen seufzte. Jetzt hatte auch sie keine Antwort mehr.

11

Der kleine, blonde Rudeck stand in der kleinen Werkstatt seiner neuen Galerie und zog sich um. Neben ihm lagen ein abgetragener Parka und blaue Jeans. Er knöpfte gerade ein schwarzes Hemd über schwarzen

Cordhosen zu, als die Tür aufging und seine Schwester erschien. Sie lehnte sich in den Türrahmen und fragte:

»Du ziehst dich schon um?«

Rudeck hatte sich schnell gefaßt.

»Und du bist schon zurück? Wo habt ihr denn gegessen? In einem Schnellimbiß?«

Der spöttische Ton verging ihm, als seine Schwester leise, aber drohend fragte:

»Glaubst du, du kannst mich täuschen? Mach, daß du vom Fenster wegkommst! Und nimm deine Klamotten mit!«

Rudeck zögerte, dann griff er nach dem Parka und den Jeans und ging zur Tür. Vera stieß ihn zornig vor sich her in das kleine Büro, das nur ein Fenster zum Hof hin hatte. Dort stand unübersehbar ein rotes VW-Cabrio.

»Du warst es!« rief seine Schwester.

»Wovon redest du?« fragte Rudeck.

»Unsere Nachbarn! Die mit dem Wäschegeschäft! Die haben geschworen, daß es ein rotes VW-Cabrio war!« Aus ihrer Manteltasche zog sie eine dunkle Pudelmütze, streifte sie über ihre linke Faust und spreizte die Finger, so daß sich die Augenschlitze dehnten. »Und das da! Das habe ich draußen bei dir in der Mülltonne gefunden!«

Sie schlug ihm die Mütze ins Gesicht und rief verächtlich: »Du Amateur! Glaubst du im Ernst, daß du damit durchkommst?«

Endlich gewann Rudeck wieder Auftrieb.

»Das bin ich doch schon, Schwesterchen«, erwiderte er.

»Was soll das heißen?«

»Die Bullen haben mich aufgehalten«, erklärte Rudeck selbstzufrieden, »und mich über mein falsches Fahrverhalten aufgeklärt. Kostenlos! Vielleicht, weil ich ihnen so sympathisch war.«

»Du hast Anita mit einer Pistole bedroht! Glaubst du wirklich, daß ich das alles abdeck'?«

Rudeck griff in die Hosentasche, zog eine Pistole, zielte auf die entsetzte Vera ud drückte ab. Es klickte leise – und Rudeck lachte laut.

»Eine Spielzeugpistole!« rief er. »Glaubst du wirklich, ich riskiere einen echten bewaffneten Überfall?«

Seine Schwester sah ihn zweifelnd an. Sie wußte nicht mehr, was ihm tatsächlich zuzutrauen war.

12

Block hatte das kleine, tragbare Sprechfunkgerät mit der Stummelantenne mitgenommen.

»Es kann ein Weilchen dauern«, war seine Erklärung gewesen, und als sie dann den Korridor entlangschritten, meinte er:

»Sie warten besser hier.«

Er verschwand in einem Zimmer, ohne anzuklopfen. Hinter der Tür hörte man das Rattern von Fernschreibern. Ellen zuckte mit den Achseln und ging im Flur auf und ab. Regale voller Aktenbündel standen herum. Es roch dumpf und muffig. Was verstand Block unter ›einem Weilchen‹? Zehn Minuten oder eine Stunde?

Da war er schon wieder, und in der Hand hielt er das zusammengerollte Papierstück, das erkennbar von der Papierrolle eines Fernschreibers abgerissen war. Er war so in Gedanken, daß er den Korridor in die falsche Richtung hinunterging.

»Haben Sie alles gefunden, was Sie gesucht haben?« rief Ellen ihm nach.

»Was soll'n das schon wieder?« fragte er genervt. »Ich weiß jedenfalls, wo's langgeht.«

Ellen lächelte freundlich und wies mit dem Daumen über ihre Schulter: »Da geht's lang.«

Block machte kehrt. Ellen zeigte auf das Papier:

»Und was ist das?«

»Aus Flensburg. Jetzt wissen Sie, warum ich heute mittag telefoniert habe. Jemand hat mir die Halteradressen aller VW-Cabrios besorgt, die in Hamburg zugelassen sind.«

»Um Gottes willen«, sagte Ellen. »Das sind ja Tausende!«

»Ich habe mich auf ihre Intuition verlassen. Das sind nur die roten. Nicht mal zweihundert.«

»Und die hat man Ihnen einfach so gegeben?«

Sie waren vor dem Fahrstuhl angekommen und warteten. Unten im Haus herrschte reger Betrieb. Nach hier oben in die Registratur schien sich nur selten jemand zu begeben.

»Wenn Sie erst mal zwanzig Jahre dabei sind«, erklärte Block, »dann wissen Sie auch, wie man einen Kollegen sanft unter Druck setzen oder von einer hübschen Kollegin auf dem kürzesten Dienstweg das erfahren kann, was man wissen möchte. Also ans Werk, Frau Kollegin.«

Der Fahrstuhl kam, und sie stiegen ein. Block drückte den Knopf für die Tiefgarage, wo sie vierzehn/zwei abgestellt hatten.

»Wir können uns auf eine Frau als Fahrzeughalter konzentrieren«, sagte Ellen entschieden.

Block bewies, daß auch er beobachten konnte.

»Sie meinen den Damenmantel auf der Rückbank, das seidene Tuch auf der Ablage?«

»Der nachträglich angebrachte Spiegel auf der Sonnenblende«, sagte Ellen. »Auf der Fahrerseite!«

Block zögerte einen Augenblick, dann stimmte er zu:

»Okay, erstmal die, die auf Frauen zugelassen sind. Mal sehen, ob Ihre Intuition etwas taugt.«

Der Fahrstuhl hielt, sie stiegen aus, aber schon nach einem Schritt blieb Block stehen:

»Mir dämmert da was! Die Namen fingen beide mit R. an, sowohl auf der Zulassung als auch auf dem Führerschein. Wenn ich die Namen sehe oder höre, fällt's mir wieder ein.«

Sie stiegen in ihren Streifenwagen und schnallten sich an. Als sie gerade die Ausfahrt hinaufrollten, kam die Stimme aus dem Sprechfunkgerät:

»Vierzehn/zwei, fahren Sie zu Neuburg, Erhard, Karpfangerstraße zwölf. Vermutlicher Halter des Unfallwagens. Vorsicht! Neuburg kommt eventuell für den Juwelierüberfall in Frage! Ende.«

»Nach dem fahndet doch die Kripo«, sagte Ellen.

Block schaltete die ›Musik‹ ein und gab Gas.

»Wir fahnden wegen Verkehrsunfallflucht, basta!« sagte er grimmig. Sie preschten durch Hamburg, und erst an der vorletzten Straßenecke vor ihrem Ziel schaltete Block Blaulicht und Sirene aus. Unterwegs hatte sich Ellen gefragt, was für ein Mensch das sein mochte, der ein Kind anfuhr und verletzt liegenließ, aber sie hatte sich kein Bild machen können.

Herr Neuburg residierte in einem feinen Haus aus den Gründerjahren, so fein, daß es sogar einen uniformierten Portier hatte, der sie unbedingt anmelden wollte. Aber Block schüttelte stur den Kopf:

»Wir kommen lieber ohne Anmeldung«, sagte er und stapfte die polierte Marmortreppe hinauf.

Im Vorzimmer saßen zwei Damen an zwei Schreibtischen. Block zeigte auf die Verbindungstür, die wahrscheinlich ins Chefbüro führte, und sagte:

»Tag. Wir möchten Herr Neuburg sprechen. Sagen Sie uns gar nicht erst, daß er nicht in seinem Büro ist. Ich möchte selbst nachsehen.«

»Ja, dürfen Sie denn das so einfach?« fragte eine der Damen.

»Wir dürfen«, sagte Block und stieß die Tür auf.
»So einfach!« ergänzte Ellen.
Im Chefbüro befanden sich zwei Herren: ein älterer, grauhaariger, der sich gerade einen Cognac einverleibte, und einer um vierzig, der gerade Papier in einen Aktenkoffer schob.
Block starrte auf den Cognac und knurrte:
»Ach, nee . . .«
Der Grauhaarige setzte das Glas ab und verkündete hochnäsig:
»Das ist mein Anwalt, Dr. Isbert. Ich habe Ihnen nichts zu sagen.«
»Wir dafür umso mehr. Beispielsweise, daß das Mädchen, das Sie zusammengefahren haben, noch immer nicht aus seiner Bewußtlosigkeit aufgewacht ist.«
Der Anwalt schob sich dazwischen:
»Lassen Sie sich nicht provozieren, Herr Neuburg. Sagen Sie nichts. Wir wollen sowieso gerade gehen.«
»Ach«, sagte Ellen: »Dann wollten Sie sicherlich zum Krankenhaus, um sich nach dem Befinden des Opfers zu erkundigen?«
»Nein«, erklärte der Anwalt betont: »Wir wollten und wir wollen zur Polizei. Bitte nehmen Sie das zur Kenntnis!«
»Umso besser«, sagte Block. »Unser Wagen steht unten. Wir fahren Sie gern.«
»Sehr gern sogar«, sagte Ellen und hielt die Tür auf.
»Was erlauben Sie sich für einen Ton?« rief der Anwalt in gespielter Empörung. »Wir sind hier nicht auf Sankt Pauli! Mein Mandant ist kein Verbrecher!«
»Sie haben mich überzeugt«, sagte Block mit beißender Ironie. »Nach Ihnen, Herr Dr. Isbert, nach Ihnen . . .«
Es war die schweigsamste Fahrt, die Ellen je in Vierzehn/zwei erlebt hatte. Neuburg schwieg wohlweislich; der Anwalt schwieg, um seinen Mandanten nicht zu unbedachten Äußerungen zu verleiten; Ellen hielt

sowieso den Mund; und bei Blocks Stimmung, die man seinem Gesicht ablesen konnte, wäre ohnehin jede Äußerung eine glatte Beleidigung geworden.

Als sie Bogners kleines Zimmer betraten, lehnte der sich mit unbewegter Miene im Stuhl zurück und fragte kühl:

»Wen haben wir denn da?«

»Das ist Nerr Neuburg«, sagte Block kalt. »Und das ist Dr. . . . wie war der Name?«

Es blieb offen, ob Block den Namen vergessen hatte oder nicht mehr wissen wollte.

»Isbert. Ich bin der Anwalt.«

Mit versteinertem Gesicht griff Bogner zum Telefon.

»Gebt mir 631, Herrn Lang«, sagte er.

»Das Raubdezernat?« rief der Anwalt.

Bogner schien es sich anders überlegt zu haben. Er unterbrach die Verbindung, legte den Hörer auf und erklärte: »Anschließend übernimmt ihn 611.«

»Die Mordkommission?« fragte der Anwalt verunsichert.

»Was wollen Sie mir da anhängen?« näselte Neuburg arrogant. »Gut, es war dumm von mir weiterzufahren. Aber ich stand unter Schock. Das Kind ist mir genau vor den Wagen gestolpert . . .«

»Dr. Isbert, tun Sie mir einen Gefallen«, sagte Block rauh. »Sagen Sie Ihrem Mandanten, er soll alles, was ihm einfällt, schnell runterschlucken und nichts mehr sagen – sonst kann ich für nichts garantieren.«

Dr. Isbert bedachte Block mit einem strafenden Blick, wandte sich an Neuburg und mahnte: »Sagen Sie jetzt kein Wort.« Er drehte sich zu Bogner, zeigte aber dabei auf Block: »Dieser Beamte –«

Bogner unterbrach.

»Das Kind ist vor einer halben Stunde gestorben.«

In Bogners Zimmer war es trotz der Heizung plötzlich sehr kalt.

13

Der kleine, blonde Rudeck hatte ein weißes Jackett zu den schwarzen Cordsamthosen angezogen und war gerüstet für die Eröffnung seiner Galerie. Er war nur nicht in der richtigen Stimmung dafür – und deshalb trank er Whisky.

Seine Schwester kam herein, erfaßte mit einem Blick die Situation und fegte mit einer wütenden Handbewegung Flasche und Glas vom Tisch.

»Sich zu betrinken nützt auch nichts!« zischte sie. »Ich muß einen klaren Kopf behalten – und du, du solltest besser heute als morgen verschwinden!«

»Ich lasse mich nicht einsperren!« sagte Rudeck finster. Er trat an das alte Vertiko und zog die obere Schublade auf. Als er sich umdrehte, hatte er wieder eine Pistole in der Hand. »Sobald die erste Uniform erscheint . . .«

Vera bekam große Augen.

»Ich denke, es war eine Spielzeugpistole?« fragte sie.

Rudeck nickte.

»Bei euch im Laden – ja. Aber das hier . . .«

14

»Mit dem Überfall hat der Scheißkerl da drin nichts zu tun«, brummte Block mit einer Kopfbewegung zu Bogners Zimmer hin. »Dafür hat der doch keinen Mumm. Der kann nur Kinder umfahren und abhauen.«

»Wollen wir nicht doch die Kripo einschalten?« fragte Ellen.

»Wenn ich Ihren Rat brauche, frage ich Sie«, knurrte

Block, merkte plötzlich, daß er dabei war, seine Wut an der Kollegin auszulassen, und fügte versöhnlich hinzu: ». . . zum Beispiel: Mit was für einem Buchstaben fingen die beiden Namen auf der Zulassung und auf dem Führerschein an? Auf welchen hatten wir uns geeinigt?«

»Sie fingen beide mit R an«, sagte Ellen. »Glaub' ich wenigstens.«

Block holte das Fernschreiben hervor, das er sich mit Hilfe seiner Beziehungen aus Flensburg hatte besorgen lassen.

»Wie wär's mit Rudolf?« fragte er.

»Könnte es durchaus gewesen sein«, meinte Ellen.

»Na, dann reiten wir doch mal hin zu dieser Frau Rudolf.«

Die Dame wohnte in der dritten Etage eines alten Mietshauses, und sie schien nicht zu Hause zu sein, denn auf Blocks Klingeln hin rührte sich nichts. Nach einer Weile drückte Ellen auf den Klingelknopf. Prompt fragte Block:

»Glauben Sie, Sie können's besser?«

Ellen kam nicht dazu etws zu erwidern, denn ein älteres Ehepaar war die Treppe heraufgekommen, und der Mann rief ihnen zu:

»Da brauchen Sie gar nicht zu klingeln. Fräulein Rudolf ist nicht da.«

»Die ist in Hongkong«, erklärte die Frau. »Oder in Honolulu? Ich bring' das immer durcheinander.«

»Sie ist nämlich Stewardeß«, sagte der alte Herr.

»Sie kommt aber nächste Woche zurück«, ergänzte die alte Dame. »Donnerstag, glaube ich. Oder Freitag?«

»Wo stellt sie denn ihren Wagen ab?« fragte Block. »Am Flughafen?«

»Den fährt doch ihr Freund«, sagte die Frau.

»Kennen Sie ihn?«

»Natürlich! Ein so netter junger Mann. Und so höflich!«

»Dann wissen Sie sicher, wie er heißt?« fragte Ellen.

»Nein«, sagte die alte Dame und wandte sich an ihren Mann: »Weißt du, wie der junge Mann heißt?«

»Nein. Aber ich glaube, er ist Künstler. Kunstmaler. Wenn er den Wagen von Fräulein Rudolf benutzt, und das Verdeck ist runter, da stehen immer Bilder auf dem Rücksitz, wissen Sie?«

»Ja, ich verstehe«, sagte Block. »Vielen Dank auch.«

Sie stiegen die Treppen hinab, in ihren Streifenwagen und fuhren zurück zum Revier.

»Kunstmaler!« knurrte Block unterwegs. »Schöne Scheiße. Haben Sie eine Vorstellung, wie viele Leute in Hamburg den Pinsel schwingen?«

»Keine Ahnung«, gestand Ellen.

»Auf jeden Fall reichlich«, meinte Block.

»Wir können die nicht alle abklappern«, gab Ellen zu bedenken.

»Nein, können wir nicht«, bestätigte Block.

»Dann können wir den Deckel auch nicht mehr draufhalten«, sagte Ellen.

»Wir müssen es Bogner sagen, daß wir ihn fast gehabt hätten.«

»Wenn man Mist gebaut hat, muß man dazu stehen«, brummte Block und machte ein Gesicht, als hätte er in eine Zitrone gebissen.

»Ich sag's Bogner«, schlug Ellen vor, als sie ausstiegen. »Soweit kommt's noch. *Ich* bin der Streifenführer. Es genügt, wenn einer den Kopf hinhält.«

Sie betraten das Revier, und Bogner kam ihnen auch gleich entgegen. Er hielt einen weißen Briefumschlag in der Hand.

»Frau Wegener, Sie interessieren sich doch für Kunst?«

»Ja, warum?«

»Hier ist die Einladung zur Eröffnung der Galerie, Sie wissen schon. Gehen Sie hin, und übermitteln

Sie dem Inhaber die Grüße des Vierzehnten. Machen Sie ihn auf die Sicherheitsberatung aufmerksam.«

»Gern«, sagte Ellen.

»Aber lassen Sie die Pistole hier«, riet Bogner. »Sonst erschrecken Sie womöglich die Kunstfreunde. Ach ja – und ziehen Sie einen Rock an.«

Ellen runzelte die Stirn, zuckte schließlich ergeben mit den Achseln, zog sich oben um und machte sich auf den Weg.

Inzwischen hatte Block die nötigen Eintragungen ins Streifenbuch gemacht. Danach holte er sich einen Becher Kaffee und brütete dumpf vor sich hin, bis es Bogner auffiel, und er Block mit einem fragenden Blick bedachte.

»Ich hab' Mist gebaut«, knurrte Block. »Der Neuburg war's nicht. Ich meine, er hat den Laden Schramm nicht ausgeraubt. Das war ein anderer. Und den haben wir Idioten kontrolliert, und wir haben's nicht gemerkt . . .«

»Wie wär's der Reihe nach?« fragte Bogner.

Block erzählte, offen und wahrheitsgemäß.

»Mann, ihr seid das Gespann des Jahres«, seufzte Bogner. »Mach deinen Bericht. Ich rufe die Kripo an. Frau Wegener können wir meinetwegen rauslassen. Der Streifenführer warst schließlich du.«

Block sah sich um.

»Wo steckt die überhaupt?« fragte er.

»Die Wegener? Die habe ich zur Eröffnung dieser neuen Galerie geschickt. Ist doch ein hübscher Anblick, und von Kunst versteht sie auch was. Oder soll ich sagen: Von Kunst versteht sie jedenfalls was.«

»Laß das. Ich habe den Mist gebaut. Sie kann nichts dafür. Was denn für eine neue Galerie?«

»Galerie Rudeck.«

Block sprang auf. Seine Augen waren groß.

»Was ist?« fragte Bogner verwundert.

»Das ist er!« rief Block. »Das ist der Räuber! Rudeck stand auf dem Führerschein!«

»Oh, verdammt!« stöhnte Bogner. »Und ich hab' sie noch angewiesen, die Pistole hier zu lassen!«

15

»Oh, guten Abend, Frau Schramm!« sagte Ellen überrascht, als sie die Galerie betreten hatte.

»Sie? Gibt es etwas Neues,« erkundigte sich die Gattin des Juweliers.

»Ach, Sie meinen –. Nein, leider nicht. Deshalb bin ich nicht hier.«

»Sondern?«

»Ich soll dem Inhaber der Galerie gratulieren, im Namen des Vierzehnten Reviers. Wir sind doch gewissermaßen hier zuständig. Wissen Sie, wo ich ihn finden kann?«

»Meinen Bruder?«

»Ach, Ihrem Bruder gehört die Galerie?«

»Ja. Aber – er hat sich bereits zurückgezogen. Sie sehen ja selbst«, mit einer Handbewegung deutete sie auf die wenigen Besucher: »von hundert Einladungen. Er ist sehr enttäuscht. Aber nehmen Sie doch ein Glas Sekt!«

»Gern«, erwiderte Ellen. »Sobald ich die Gratulation des Reviers überbracht habe.«

Sie schaute auf eine geschlossene Tür.

»Da?« fragte sie.

Vera Schramm stellte sich in den Weg.

»Bitte, nicht!«

»Tut mir leid«, sagte Ellen. »Ich habe dienstlichen Befehl.«

Sie zwängte sich an Vera Schramm vorbei, klopfte und drückte die Tür auf. Da wurde sie von hinten in den Raum hineingestoßen, während sie vor sich den kleinen, blonden Wuschelkopf stehen sah, den sie kontrolliert hatten, weil er nicht angeschnallt gewesen war. Er hatte eine Pistole in der Hand, die er auf sie richtete.

»Ich bin unbewaffnet«, sagte Ellen.

Hinter sich hörte sie die Tür ins Schloß fallen.

»Bleiben Sie stehen!« rief Rudeck. Er war offensichtlich in Panik.

Ellen fühlte, wie Vera Schramm ihr von hinten die Arme festhielt. Rudeck riß einen Stuhl hoch und schlug das Fenster ein.

»Bitte, lassen Sie ihn laufen!« rief Vera Schramm ihr von hinten ins Ohr. »Was wollen Sie haben? Fünftausend? Er ist doch mein Bruder!«

Rudeck sprang durch das Fenster hinaus in den Hof.

»Er ist ein Verbrecher«, sagte Ellen.

Und plötzlich kam sie sich vor wie beim Judokurs in der Polizeischule.

Sie spürte Frau Schramms Hände an ihren Armen, und irgendwo in ihrem Hirn sagte etwas kühl und sachlich: Schulterwurf links. Sie beugte sich vor, tat den richtigen Griff und war selbst überrascht, wie mühelos sie die Frau los wurde.

Verdammter Rock, schoß es ihr durch den Kopf, als sie zum Fenster hinauskletterte. Sie sprang hinab, ungefähr anderthalb Meter, und sie federte aus den Kniegelenken empor – und da brauste das rote VW-Cabrio direkt auf sie zu.

Ellen breitete die Arme aus und winkte. In der Ferne ertönte eine schnell näherkommende Polizeisirene, aber Ellen hörte sie gar nicht. Der Wagen schoß auf sie zu, und sie besann sich wieder dessen, was man ihr in der Polizeischule beigebracht hatte. Sie sprang seitwärts, rollte über die linke Schulter ab und kam fast automatisch wieder auf die Füße. Ein Glück, daß richtiges Fallen das beinahe Wichtigste der ganzen Selbstverteidigung war.

Sie drehte sich um und lief hinter dem roten VW her. Vorn in der Einfahrt kam ›mit Musik‹ ihr wohlvertrauter Streifenwagen hereingeprescht, und Block ließ das Heck gekonnt ausbrechen, so daß Vierzehn/zwei plötzlich querstand und die Ausfahrt blockierte.

Der rote VW wendete mit kreischenden Profilen und raste um die hintere Hausecke. Ellen war nur ein paar Schritte davon entfernt und lief ihm nach.

»O Gott!« rief sie unwillkürlich, als sie sah, was Rudeck zu spät erkannt hatte:

Im Hof waren Benzinfässer gestapelt, und Rudeck dröhnte mitten hinein.

Ellen zögerte keinen Augenblick. Sie rannte hin und zerrte an der eingeklemmten Fahrertür.

»Zurück, Frau Wegener!« gellte Bogners Stimme über den Hof. »Da läuft Benzin aus!«

Es war deutlich zu riechen. Aber da drin hing Rudeck über dem Lenkrad und rührte sich nicht. Ellen stemmte den Fuß gegen den Wagen und zerrte mit aller Kraft. Plötzlich war Block neben ihr und riß den Fuß hoch. Er trat die Scheibe ein, stieß mit dem von der Lederjacke halbwegs geschützten Ellenbogen Splitter aus dem Rahmen und griff in den Wagen.

Gemeinsam zerrten sie ihn heraus und schleppten ihn von dem eingekeilten Fahrzeug fort. Dennoch riß sie die Druckwelle der Explosion fast von den Füßen, als das Benzin entflammte.

Nachspiel

Ellen schloß die Augen und nahm einen gehörigen Zug von dem herrlich kühlen Bier. Rings um sie war das Stimmengewirr einer typischen Hafenkneipe. Und über ihr ertönte aus einem Radio die Stimme des lokalen Nachrichtensprechers.

»Einen schnellen Erfolg konnte heute die Hamburger Kripo verzeichnen. Dank ihrer intensiven Fahndungsmethoden gelang es ihr, schon wenige Stunden nach einem bewaffneten Raubüberfall den Täter festzunehmen und –«

Der Kneipenwirt drehte am Radio, bis er Unterhaltungsmusik gefunden hatte.

»Wessen Erfolg erwähnten die da eben?« fragte Ellen.

»Sie haben's doch gehört«, sagte Block und streckte den Arm aus. Im Regal neben ihm lag eine Tageszeitung. »Mal sehen, ob ich mit Heidewind Erfolg gehabt hätte«, murmelte er.

Ellen schnappte ihm die Zeitung vor der Nase weg, suchte und sah Block mit bedauerndem Kopfschütteln an.

»Heidewind kommt unter ferner liefen«, sagte sie.

»Und Blue Runner?« fragte Block.

Ellen sah wieder auf die Tabelle. Als sie den Kopf hob, lächelte sie. Block winkte ab.

»Ach, sagen Sie's lieber nicht!«

Er drehte sich zur Theke. Ellen wandte den Kopf ebenfalls zum Wirt.

»Zwei Klare!« sagten sie gleichzeitig.

ENDE

Band 13 163

Robert Sheckley

Jäger und Opfer

Deutsche Erstveröffentlichung

Auf zur fröhlichen Menschenjagd!
Von nun an ist alles erlaubt, nur Spaß muß es machen, und tödlich muß es sein.
›Jäger und Opfer‹ ist nach ›Das zehnte Opfer‹ und ›Das Jägerspiel‹ der dritte Roman aus Sheckleys Trilogie um das utopische Mörderspiel. Mit beißendem Spott und satanischer Akribie bringt der Meister der SF-Satire uns zu jenem Lachen, das im Halse stecken bleibt. Die gefühllose Welt des 21. Jahrhunderts, die Robert Sheckley datailliert und schaurig-vergnüglich beschreibt, bietet genügend (Un-)Möglichkeiten, um Jäger, Opfer und ihr blutiges Spiel so anschaulich und lebendig zu beschreiben, daß der Leser gefesselt bleibt.

BASTEI LÜBBE